KB158204

4人4色
대구의 인문

4人4色
대구의 인문

초판인쇄 | 2022년 11월 21일
초판발행 | 2022년 11월 25일

지은이 | 김상진 윤일현 천영애 최상대
펴낸이 | 신중현
펴낸곳 | 도서출판학이사

출판등록 : 제25100-2005-28호
주소 : 대구광역시 달서구 문화회관11안길 22-1(장동)
전화 : (053) 554~3431, 3432
팩스 : (053) 554~3433
홈페이지 : http:// www.학이사.kr
전자우편 : hes3431@naver.com

ISBN _ 979-11-5854-396-9 03810

4人4色

대구의 인문

김상진 윤일현 천영애 최상대

學而思 학이사

다양성과 다층성을 가진 도시의 인문학

금호강과 신천이 도시를 휘돌아 흐르고 팔공산과 비슬산이 감싸고 있는 분지형 도시인 대구는 약 2만 년 전인 선사시대부터 사람들이 거주해 왔던 인간 역사의 원형질적인 도시이다. 후삼국시대에는 왕건과 견훤이 경주를 차지하기 위해 팔공산에서 전투를 벌이기도 했고 팔공산에 위치한 부인사에는 초조대장경이 있었다고 전해진다.

조선시대에 경상감영이 세워졌던 대구는 우리나라 내륙의 중심도시로서 성장하게 되었다. 근대에 들면서 산업화의 선두 도시로 명성을 날렸던 대구는 정치, 경제의 중심이 될 정도로 번성하던 도시였다. 대구는 이러한 경제, 정치의 발전과 더불어 문화적으로도 융성했었으나 지금은 수도권 중심 문화로 인해 소외되고 있는 실정이다.

이러한 시대적 위기를 맞이하여 대구를 다시 돌아보고 시민들이 자긍심을 가지기 위해서는 인문학적 성찰이 필요하다. 수 없이 많은 도시가 번성하고 퇴락해 가는 역사를 반복하고 있지만 인문학적인 토대가 굳건한 곳은 쉽게 흔들리지 않는다. 인문학을 통해 도시를 되돌아보고 깊이 성찰하는 것은 도시의 원형을 찾아가는 것으로 대구의 정체성 확립을 위해서는 반드시 필요한 작업이다.

대구가 어떤 도시냐는 물음에 우리는 쉽게 답을 할 수 없다. 이에 도서출판 학이사의 도움으로 각 분야별로 네 명의 전문가가 거기에 대한 답을 제시하려고 한다. 교육 분야의 윤일현, 건축 분야의 최상대, 출판과 인쇄 분야의 김상진, 문학 분야의 천영애, 이 네 사람이 각자의 분야에서 대구의 정체성에 대한 해답을 찾고자 했다.

도시는 몇 개의 카테고리로 구분 지을 수 없을 만큼 다양성을 가지고 있고 다층적이지만 대구라는 동일한 공간에서는 인문학적 토대가 비슷할 수밖에 없다. 그것은 도시라는 공간이 동시대를 함께 살아가는 사람들이 서로 얽혀서 만들어내는 공간이기에 그들이 형성해 가는 삶의 형식과 문화가 특별한 공동체적 특성을 갖기 때문이다. 그러니 비록 서로 다른 분야의 사람들이 모여 인문학을 통해 대구라는 도시의 정체성을 찾고자 하지만 결국은 동일한 방향으로 연구의 방향이 수렴될 것이라고 생각한다. 결국 도시는 사람이 중심이다.

2022년 11월

차례

대구 출판, 옛 영화를 꿈꾸다

김상진/ 수성구립 용학도서관 관장

김상진

· 대구광역시 수성구립 용학도서관 관장
· 영남일보 기자(전)
· 경북대학교 문헌정보학과, 동 대학원 박사과정 수료
· 대구광역시 도서관정보서비스위원회 위원
· 2020 대구수성 한국지역도서전 집행위원장
· 지은 책 : 『도서관은 살아있다』(2022 세종도서)

'기억은 기록이 되고, 기록은 문화가 된다'는 말이 있다. 또 '기록은 역사가 되고, 역사는 미래가 된다'는 말도 있다. 기록문화의 가치를 강조한 표현들이다. 인간의 기억은 시간이 지나면서 잊혀지고 변형된다. 하지만 기록은 원형을 그대로 보존할 수 있다. 이 기록이 차곡차곡 쌓이면 역사가 되는 것이며, 그 역사가 인류의 과거와 미래를 이어주게 된다. 이 때문에 인류는 기록을 중요하게 생각했고, 1992년에 이르러 유네스코는 세계기록유산 등재제도를 만들기도 했다. 현재 세계기록유산에 등재된 우리나라 기록물은 모두 16건이다. 이는 국가 단위로 아시아 1위, 세계 4위다. 그만큼 우리 선조들은 기록문화를 중시했다. 그 가운데 대구에서 시작된 국채보상운동의 기록물도 2017년 세계기록유산에 포함됐다.

이밖에도 대구가 기록문화의 중심지였던 근거는 적지 않다. 대표적으로 고려시대 초조대장경初雕大藏經 경판은 고려시대 수도인 개경 근처에 있는 흥왕사 대장전에 한동안 보관되었다가 대구 팔공산 부인사에 봉안됐다. 조선시대에는 1601년부터 대구에 자리를 잡은 경상감영에서 '영영장판嶺營藏板'을 중심으로 '영영본嶺營本'이 간행되면서 서울과 전주를 포함한 전국 3대 출판거점의 역할이 수행됐다. 조선시대 기록문화의 매개물은 책판冊版이 유일했던 점을 감안하면 대구가 영남권 전역에 지식과 정보를 전파한 기록문화의 본산이었던 것이다. 당시 경상감영의 관할지역을 현행 행정구역으로 살펴보면 대구·경북지역은 물론, 부산·울산·경남지역이 모두 포함된다.

기록은 존재만으로도 우리들에게 교훈을 준다. 훗날 우리의 행적이 평가받을 것이 분명하기 때문에 오늘날 하루하루의 삶을 함부로 살지 못하게 하는 안전장치로 봐야 한다. 세계기록유산에 등재된 조선왕조실록과 일성록, 승정원일기 등 국가와 통치자의 기록은 역사가 돼 미래의 나침반이 되고 있다. 난중일기 등 개인의 기록인 일기도 마찬가지 역할을 한다. 특히 개인 또는 집단의 욕심을 채우기 위해 수단과 방법을 가리지 않는 무한경쟁시대를 사는 현대인에게 교훈적인 대목이 아닐 수 없다. 이와 함께 기록은 역사 및 문화 정체성을 찾는 통로로 그 기능을 수행한다. 기록물의 탐색을 통해 문화콘텐츠를 생산할 수 있으며, 이를 브랜드로 만듦으로써 도시마케팅을 위한 자산으로도 쓰임새가 있다.

기록문화의 사전적 정의를 살펴보면 '문자를 이용해 어떤 것을 적어 놓음으로써 형성된 문화'라고 설명된다. 이는 기록이 아날로그 방식인 문자에 의존할 시대의 정의다. 하지만 디지털기술을 기반으로 한 멀티미디어 시대인 오늘날에는 책, 신문, 잡지, 포스터, 그림, 악보, 영화, 지도 등 모든 매체에 담긴 콘텐츠가 기록물로 인정된다. 이 때문에 요즘 기록보관소로 번역되는 아카이브(archive)와 기록을 보관하는 행위를 의미하는 아카이빙(archiving)에 대한 관심이 높아지고 있다. 정부와 지방자치단체 소속 기관들은 물론, 개인도 기록문화의 가치를 인식하고 기록을 남기려는 의지로 해석되기에 바람직한 방향이다.

기록이란 인류가 이룩한 문명을 축적하는 행위다. 인류 역사의 진화는 기록이란 기초자료를 토대로 진행되는 것이다. 디지털기술이 발전함에 따라 기록의 영역도 우리의 삶 전체로 넓어지는 추세다. 근대문화유산은 물론, 농악과 노동요 등 무형민속자료를 기록화하는 사업이 진행되고 있다. 도시재생 과정을 사진과 영상으로 촬영하거나, 근대 및 현대 기록사진을 공모하거나 전시하는 것도 같은 맥락이다.

요즘 부각되고 있는 NFT(대체 불가능한 토큰)도 블록체인 기술을 기반으로 한 기록물이다. 디지털 기록물을 블록체인에 탑재한 셈이다. 복제와 편집이 가능한 디지털기술을 기반으로 기록문화에서 확대 재생산될 미래 자산의 가치는 무궁무진하다. 산업화가 가능한 대목이란 것이다. 디지털 대전환(Digital Transformation) 시대에 돌입한 요즘, 사회 전반적으로 디지털 아카이빙이 주목받는 이유다. 이 때문에 대구가 기록문화의 도시란 정체성을 확립하고 홍보해야 할 시점이기도 하다.

현존하는 세계 최고의 금속활자본으로 세계기록유산에 등재된 '직지直指'를 간행한 흥덕사 소재지인 충북 청주는 1992년 고인쇄박물관을 개관하고, 2021년 대한민국독서대전을 유치하면서 '기록문화 창의도시'를 주창하고 있다. 또 전라감영 소재지로 '완판본完板本'을 간행했던 전북 전주는 2011년부터 전주한옥마을에 완판본문화관을 운영하면서 기록문화의 도시를 내세우고 있다. 또 세계기록유산인 팔만대장경을 소장한 해인사 소재지인 경남 합천은 매년 '합천기록문화축제'를 열고 있다.

한편 고려시대에서 현재까지 역사가 이어지는 기록문화의 도시, 대구는 어떠한가. 궁금한 대목이 아닐 수 없다. 아직까지 지방자치단체 차원의 움직임은 감지되지 않지만, 최근 시민들의 다양한 시도가 잇따르고 있어 한 줄기 빛으로 느껴진다.

1. 대구지역 출판의 역사를 찾아서

역사적인 맥락에서 살펴봤을 때 대구는 오랜 시간에 걸쳐 출판문화, 기록문화의 발신지 역할을 수행해 왔다. 대구가 기록문화의 도시란 정체성을 부각시키는 것에 신경을 써야 할 대목이다. 디지털 미래사회에서 문화산업의 원천이 되는 기록문화에 강점을 가진 도시란 이미지를 부각하는 것은 대구의 정체성을 정립하는 전략이기 때문이다. 대구의 기록문화는 고려시대로 거슬러 올라가며, 오늘날까지 면면히 이어진다. 그 역사를 시대별로 살펴본다.

1) 고려시대 - 초조대장경

초조대장경은 중국 북송北宋의 관판官版대장경(971~983)에 이어, 세계에서 두 번째로 간행된 한역漢譯 대장경이다. 송나라 태조에 의해 간행한 대장경이 991년 고려에 전래되자, 고려는 커다란 자극을 받고 대장경 간행을 준비하였을 것이다. 그러던 중 993년(성종 12)부터 거란의 침략이 시작됐고, 1011년에는 현종이 남쪽으로 피난을 했으나 거란군이 송악에서 물러나지 않았다. 이에 군신이 무상의 대원을 발하여 대장경판을 새기기로 서원한 뒤 거란군이 물러갔다는 기록이 『동국이상국집東國李相國集』에 남아 있다.

판각 시기에 대해서는 여러 가지 설이 있다. 1011년에 시작해 1087년까지 77년간 새겼다는 설이 있다. 또한 1019년에서 1087년까지 69년 동안 판각했다는 설과 함께, 1011년에서 1051년까지 41년이 걸려 완성했다는 설도 있다. 물론 나름대로 근거는 있으나 『대각국사문집大覺國師文集』에 실린 '대선왕제종교장조인소代宣王諸宗敎藏彫印疏'에 따르면 현종 재위(1009~1031) 기간인 1011년에서 1029년경까지 북송의 관판대장경과 같은 분량의 판각은 모두 마쳤음을 알 수 있다. 이 대장경은 권말에 간행기록이 전혀 없다.

초조대장경은 두루마리 모양인 권자본卷子本이며, 한 면에 23줄 14자씩 배열돼 있다. 규모는 6천 권 정도의 분량으로, 당시의 한문으로 번역된 대장경으로서는 동양에서 가장 방대한 분량이었다. 특히 불교 경전의 내용이나 그 의미를 알기 쉽게 상징적으로 표현한 변상도變相圖인 〈어제비장전御製秘藏詮〉을 비롯해 정교하게 새겨진 판화가 풍부해 미술사적 가치가 크다.

초조대장경은 거란의 침입으로 개경이 함락되는 국가적 위기 속에서 완성된 고려 최초의 대장경이기도 하다. 불력에 의한 국가 수호를 도모하는 것이 제작의 직접적 동기이지만, 고려의 문화적 역량이 집결된 국가적 사업이었다. 이 때문에 초조대장경은 우리 민족의 문화적 성취로 평가되면서 고려가 문화대국이었음을 입증하는 증표가 된다. 특히 고려인들은 거란족이 쳐들어오는 전쟁 중에 이 위대한 성과를 이뤄냈다. 이는 중국 북송의 관판대장경이 평화로운 문화적 전성기에 조성된 것과는 대조적이다.

초조대장경 경판은 고려시대 수도인 개경 근처에 있는 흥왕사 대장전에 한동안 보관되었다가 대구 팔공산 부인사에 봉안됐다. 초조대장경이 팔공산까지 옮겨진 이유는 당시 거란족의 침략으로 개경에 있는 것이 위험하다고 판단했기 때문이었다. 그리고 2016년 부인사에서 닥나무로 종이를 만들던 돌 수조와 수로가 발굴되면서 초조대장경 경판을 보관만 했던 것이 아니라,

인쇄가 이뤄졌던 사실이 밝혀졌다. 또한 초조대장경 인쇄본 세 종류를 비교했을 때 인쇄 상태가 모두 달랐던 점은 여러 차례 인쇄한 것을 증명한다. 이는 당시 대구가 초조대장경 경판을 관리하면서 인쇄도 할 수 있는 역량이 있었던 도시란 것이다.

초조대장경 경판은 1232년(고종 19) 몽골군의 침입 때 모두 불에 타 사라졌으며, 경판으로 찍어낸 인쇄본만 국내외 곳곳에 흩어져 있었다. 초조대장경을 연구한 학자들은 초조대장경 인쇄본 대다수가 일본 교토의 남선사와 대마도 역사박물관, 이키섬 안국사에 있는 것을 확인했다. 불교국가인 일본은 독자적으로 대장경을 간행할 만한 역량이 부족했기 때문에 우리나라에서 대장경을 수입해 갔으며, 약탈하기도 했을 것으로 추정된다. 초조대장경 판각을 시작한 지 1,000년이 되던 해인 2011년 대구시와 동화사가 교토의 남선사 등지에서 초조대장경 인쇄본 전질을 모은 뒤 디지털화 작업을 거쳐 당시 모습으로 복원해 간행했다. 1,000년 만에 복간된 초조대장경은 현재 동화사 성보박물관에 봉안돼 있다.

대구 팔공산 부인사에 봉안됐던 초조대장경 경판이 몽골군의 침입으로 불에 타 없어졌기 때문에 팔만대장경으로 불리는 재조再雕대장경이 만들어졌다. 국보 제32호인 팔만대장경 경판은 경남 합천의 가야산 해인사에 봉안돼 있다. 1237년 불력으로 몽골군을 물리치고자 대장경 경판을 다시 판각하는 대역사를 시작한 지 16년 만인 1251년 9월 25일(양력 10월 11일)에 완성됐다. 한 글

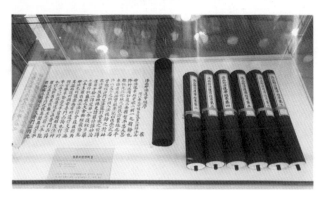
〈2011년 복간된 초조대장경〉

자 한 글자 새길 때마다 세 번씩 절을 했다고 할 정도로 온갖 정
성을 다해 만들어졌다. 8만1천258매의 경판에 8만4천 개의 법
문이 실려 있어 팔만대장경이라고 불린다. 팔만대장경 경판이
보존돼 있는 해인사 장경판전은 1995년 유네스코 세계문화유산
으로 지정됐다.

2) 조선시대 - 경상감영본(영영본)

조선시대에는 임진왜란 이후인 1601년(선조 34) 대구에 경상
감영이 설치되면서 본격적으로 영영장판嶺營藏板을 판각해 영남
권 전역을 대상으로 영영본嶺營本을 펴냈다. 영영장판에서 영영
은 경상감영이며, 장판은 소장 목판을 말한다. 그리고 영영본은
경상감영에서 목판으로 간행한 책을 뜻한다. 조선은 건국과 동
시에 주자학을 기반으로 왕권을 강화하기 위해 사대부들에게 필
요한 책을 대규모로 보급했다. 책을 보급하는 과정은 한양에서

지방에 보낼 책을 전부 만들기에는 무리가 있었기 때문에 각 도의 관청인 감영에서 필요한 책을 목판으로 간행해 보급했다. 경상도에서는 대구를 중심으로 한양에서 출판된 책을 다시 목판으로 번각飜刻해 배포하고, 그 책판을 장판각에 보관 및 관리했다가 책이 더 필요하면 다시 인출해 유통했다. 이 때문에 책의 간행은 감영의 가장 중요한 역할 중 하나였다.

경상감영의 출판이 기록상 처음 나타난 것은 조선왕조실록 세종 9년(1427년) 7월 18일자 기사다. "경상도 감사가 새로 간행한 '성리대전'을 바쳤다"는 내용이다. 명나라에서 성리대전이 발간된 지 4년 만에 조선정부가 입수하고, 책을 만들기 위해 종이를 진상하라고 왕명이 내려진 지 채 2년이 되기 전에 경상감영에서 모두 70권이나 되는 성리대전의 책판을 만들어낸 것이다. 경상감영은 조선 초기 경주부에 설치됐다가 1519년(중종 14) 경

〈복각한 영영장판〉

18

〈'영영장판'으로 간행된 영영본의 판권지〉

상도가 좌도와 우도로 분리되면서 상주와 경주에 존재했다. 이후 성주, 대구, 안동 등 여러 곳으로 옮겨 설치됐다. 그러다가 1601년 경산, 하양, 화원 등이 대구부에 합속되면서 대구에 설치된 뒤 1608년(선조 40)부터 1684년(숙종 10)까지인 감영의 혁파 기간을 제외하고는 1894년 갑오개혁으로 경상도가 남도와 북도로 나눠지기 전까지 존속됐다.

경상감영에서 출간된 영영본은 현재까지 233종이 확인되고 있다. 이 수치는 다른 감영에서 간행한 책보다 많은 편이다. 특히 다른 감영에 비해 유학 서적이 매우 활발하게 간행됐다. 대구에서 영영본의 출판이 융성했던 것은 그만큼 책을 읽는 수요가 많았기 때문이다. 경상감영은 1721년(경종 1) 지역의 인재를 양성하기 위해 낙육재樂育齋란 교육기관을 설치해 독서와 학술 연구를 장려했다. 낙육재는 대구에 설립된 관립도서관의 효시로, 대구부 남문 밖에 설립됐다. 이곳에서는 경상도의 유능한 선비를 선발해 기숙까지 시키며 공부를 시켰다.

경상감영 간행물의 주제별 분포를 보면 한국 고서의 전반적인 경향과 마찬가지로 문집류가 가장 많으며, 이어 경서의 간행이 활발했다. 관찰사는 출판에 절대적인 권한을 가지고 있었던만큼 해당 감영에서 자신의 선조 문집을 간행하려고 했으며, 주위에서 자기 선조의 문집을 간행하기 위해 감사에게 청탁하는일이 빈번했다. 문집류와 족보류, 연보류와 같이 특정 인물 또는 문중과 관련된 책판은 감영 밖에서 관리되기도 했다. 경상감영 소장 책판목록에 따르면 대구 외곽인 동화사, 용천사, 용연사 등 사찰에서 판각하거나 책판을 옮겨 관리한 것으로 나타난다.

영조 후반에는 금서로 지정됐던 실학자 반계 유형원의 『반계수록磻溪隨錄』이 왕명에 의해 100년 만에 경상감영에서 출판돼전국에 배포되기도 했다. 그 당시 흔적이 동구 옻골마을 보본당에 반계수록 최초 교정 장소란 안내문과 함께 남아 있다. 이는반계수록에 정통한 백불암 최흥원(1705~1786)이 대구에 거주했기 때문이다. 조선 조정이 실학을 공식적으로 인정해 반계수록을 반포하는 분기점에 백불암이란 인물과 함께, 대구란 도시가있었던 것이다. 대구가 혁신의 분기점에 있었음을 확인할 수 있는 사실이다.

유형원이 살았던 시기는 임진왜란에 이어 병자호란을 겪으면서 조선 건국 이래 누적됐던 여러 가지 모순이 극대화되는 때였다. 유형원은 이러한 조선 사회의 폐단을 바로잡고자 양반 문벌제도와 노비제도, 과거제도의 모순을 비판하면서 공정한 사회가 되기 위한 개혁을 시도한 유학자다. 조선시대 국가 개혁안의 교과서라고 평가받는 반계수록은 19년의 집필기간을 거쳐 1670년(현종 12) 전북 부안에서 완성됐으나, 당시 집권세력의 정책을 비판하는 내용이 담긴 탓에 금서로 지정됐다. 반계수록은 정도전의『조선경국전朝鮮經國典』과 더불어 조선조 2대 유가 경세사상서로 평가받는 저술이다.

유형원의 개혁사상은 영조대에 이르러 인정을 받았으며, 반계수록이 완성된 지 100년 만인 1770년(영조 46) 경상감영에서 26권 13책 규모의 목판본으로 대량 인쇄돼 전국에 널리 퍼뜨려졌다. 당시 왕명을 받아 반계수록을 간행하기에 앞서 교정을 책임진 인물이 경주 최씨 집성촌인 옻골에 거주하던 백불암이었다. 한국 성리학의 지형도로 볼 때 대구는 퇴계학의 본거지인 경북 북부지역의 남쪽에 위치하고, 남명학의 본거지인 경남 서부지역의 동북쪽에 위치하기 때문에 대구유학은 영남학파의 주변부에 해당한다. 이 같은 지리적 특성 때문인지 크게 주목할 만한 대구지역 성리학자가 많지 않은 가운데, 백불암은 18세기 대구는 물론 영남지역을 대표하는 주요 학자로 평가받고 있다.

백불암은 40대 중반에 반계수록을 읽고 느낀 바가 있어 백성들의 어려움을 해결하기 위해 향약을 만들어 실행하는 등 실천적 학문에 초점을 맞췄다. 특히 그는 민생에 지대한 관심이 있었다. 그가 56년 동안 쓴 일기에서 끊임없이 농사 문제를 걱정하고 있는 점과 함께, 백성들이 부채 공출로 고통을 겪는다는 사실을 알고 나서는 평생 부채를 사용하지 않았다는 점 등은 그의 실천적 학문 태도와 연관돼 있다.

이 같은 백불암의 학문적 태도와 행적을 알고 있는 조정의 중신들이 100년 전 반계수록이 집필된 시대의 사정을 당시에 맞게 편찬하기 위해 대구에 있는 70대 중반의 백불암을 추천했던 것으로 알려진다. 왕명을 받은 백불암은 처음에 경상감영을 찾아

〈반계수록이 최초로 교정된 옻골마을 보본당〉

교정을 보았으나, 나이가 많아 거동이 불편한 점을 감안해 집안의 재실인 보본당에 교정청을 설치해 반계수록을 교정했다. 대구가 혁신의 분기점에 있었음을 확인할 수 있는 대목이다.

하지만 안타깝게도 영영장판은 대구에 한 점도 남아 있지 않

다. 서울대 규장각한국학연구원에 영영장판 18종 4천205점이 소장돼 있다는 사실도 2015년에서야 겨우 확인됐다. 영영장판은 일제강점기 동안 조선총독부 도서관에 보관됐다가 1945년 해방이 되면서 일본인이 한반도를 떠나게 되자, 규장각한국학연구원으로 옮겨진 것으로 알려지고 있다. 대구의 소중한 기록문화유산이 그동안 서울에서 잠들어 있었지만, 영영장판이 조선총독부로 옮겨진 정확한 경위는 아직 확인되지 않고 있다. 규장각에 보관된 책판을 비롯해 전국에 산재된 책판 등 경상감영 출판물의 실태 파악이 시급하다. 또한 경상감영 출판문화 아카이브를 구축해 다양한 연구와 활용을 할 수 있는 기반이 조성돼야한다.

3) 근대 – 방각본 및 국채보상운동

대구의 출판문화는 감영이 출판을 주도하다가 맥이 끊긴 다른 지역과 달리, 조선시대 이후에도 계속됐다. 다른 지역보다는 늦었지만, 영리를 목적으로 한 상업출판인 방각본坊刻本도 1900년을 전후해 간행됐다. 이는 경상감영의 관영 출판이 왕성했기 때문이었다. 영남 유림들이 자리를 잡고 있는 경상도의 특성상 문집이나 족보 등이 출판의 중심을 이뤘던 것도 한 이유가 된다. 한글 고대소설에 대한 수요가 많았기 때문에 방각본인 완판본 간행이 왕성했던 전라감영 소재지인 전주와는 다른 양상이었다. 대구에서는 1900년대 초반부터 재전당서포와 광문사 등 상

〈대구시 중구 수창동에 세워진
광문사 터 기념비〉

업출판사들이 방각본을 펴내면서 민영 출판을 이어갔다.

전통적인 유학 서적이나 실용서를 출간한 재전당서포와 달리, 1906년 자생적 근대 계몽운동단체로 설립된 광문사는 흥학설교興學設校와 식산흥업殖産興業을 목적으로 내세웠다. 특히 교육 진흥을 바탕으로 한 사회 발전을 목적으로 삼았다. 사장은 김광제, 부사장은 서상돈이었다. 사내에 광문사문회가 있었다. 1906년 6월부터 대한매일신보 대구지사의 사무도 맡아서 신문의 구독신청, 배부, 수금업무를 취급했다. 1907년 2월 광문사문회는 특별회를 소집해 명칭을 대동광문회로 개칭하고 회장에 박해령, 부회장에 사장인 김광제를 추대했다. 또한 일본 동아동문회東亞同文會와 청나라 광학회廣學會와의 친목 도모 및 교육의 확장을 꾀했다.

이 무렵 김광제와 서상돈 등 회사 간부들은 1천300여만 원이
나 되는 국채를 상환하지 못하면 나라가 망하게 될 것이라는 위
기의식을 느끼고 있었다. 특별회에서 광문사문회의 개편 문제를
처리한 뒤 서상돈이 국채보상운동을 제안했다. 참석자들은 그
자리에서 담배를 끊기로 결의하고, 국채보상금 2천여 원을 출연
하면서 취지를 널리 알리기로 다짐했다. 그리고 2,000만 동포
가 담배를 3개월만 끊으면 국채를 갚을 수 있으니 담배를 끊어
절약한 담배 값을 모아 국채를 상환하자는 내용의 '국채보상취
지서'를 발표했다.

전국 각지에서 큰 호응이 일어나 국채보상운동은 활발히 전
개됐다. 광문사는 국채보상운동에 전념하기 위해 대한매일신보
대구지사의 사무를 다른 개인에게 넘겼다. 김광제는 국채보상연
합회의소 총무로 활동했다. 회사 내에 조직된 대동광문회와 함
께 국채보상운동의 발원지였다는 점은 높이 평가할 수 있으나,
일본 동아동문회와의 친목 도모를 표방하였다는 점을 한계로 지
적하는 시각도 있다.

4) 현대 - 인쇄기계산업, 남산동 인쇄골목, 대구출판인쇄정보 밸리

현대에 들어와서 북성로와 침산동 등지에서 기계산업이 왕성
했던 대구는 1930년대부터 인쇄기계 제작의 메카로 부각됐다.

〈책공방에 소장된 대구산産 활판인쇄기의 철제 레이블〉

기계식 활판인쇄기를 수집하고, 그 인쇄기로 책과 명함 등을 만드는 것으로 유명한 책공방에는 대구산産임을 증명하는 철제 레이블이 붙은 활판인쇄기가 상당수 소장돼 있는 것이 증거다. 책공방은 전북 완주 삼례문화예술촌에서 부여로 자리를 옮겼다.

고려시대에 외침을 겪으면서 대장경을 간행할 정도로 강렬했던 우리 민족의 문화의식은 6·25전쟁을 겪으면서 또다시 대구에서 발현됐다. 다부동 전투의 승리에 힘입어 함락되지 않았던 피난지 대구에 자리를 잡은 출판인들은 잡지문화사의 역사를 썼다. 현암사, 계몽사, 동아출판사, 학원사 등은 대구에서 출발해 서울로 근거지를 옮기면서 한국의 대표적인 출판사로 발전했다. 전쟁 동안 지역신문의 역할도 상당했다. 1945년 대구에서 가장 먼저 창간된 영남일보는 전쟁기간에 전국에서 유일하게 쉬지 않고 발행된 신문이었다. 전황을 신속하게 독자들에게 전하기 위

〈남산동 인쇄골목〉

〈남산동 인쇄전시관〉

해 하루에 두 차례, 조간과 석간으로 신문을 발행하기도 했다.

1930년대 활판인쇄시절부터 인쇄업종이 밀집됐으며, 6·25 전쟁으로 서울의 인쇄시설과 인력이 피난을 오면서 형성된 골목이 대구시 중구 남산동에 있다. 이른바 '남산동 인쇄골목'이다. 남문시장에서 계산오거리까지 1km 가량 이어진 남산동 인쇄골목은 수도권을 제외하고는 최고 규모의 인쇄단지다. 600

〈대구출판산업지원센터〉

여 개의 인쇄업체가 입주해 있으며, 연 매출 규모는 1천억 원
정도다. 편집, 조판, 인쇄, 제본 위주의 업체들이 집약돼 있다.
1970~1980년 중앙로에 입주한 인쇄업체들이 땅값을 이유로 남
산동으로 이주해 왔으며, 그 당시 1천여 개의 업체가 입주해 있
었다. 현재는 전성기보다 쇠퇴했고, 대구출판산업단지가 만들
어져 일부 출판업체가 그쪽으로 옮겼지만, 그래도 접근성을 이
유로 다수 업체가 영업하고 있다. 활판인쇄기와 납활자 등을 살
펴볼 수 있는 '남산동 인쇄전시관'도 있다. '한국관광 100선'에
선정된 대구근대문화골목 5코스에 포함되기도 한다.

　대구출판인쇄정보밸리는 2013년 대구시 달서구 장기동, 장
동, 월성동 일원에 7만3천여 평 규모로 조성된 출판산업단지다.
중부내륙고속도로와 성서4차산업단지 바로 옆에 위치하고 있

다. 출판산업의 수도권 집중으로 지역출판의 어려움이 심화되고, 남산동 인쇄골목 정비계획에 따라 출판산업의 가치사슬(출판기획→인쇄→유통) 통합을 위한 집적화가 필요했기 때문에 등장했다. 입주업체는 87개소, 고용 인원은 1천여 명이다.

전국에서 유일한 지역 단위 출판산업 지원기관인 대구출판산업지원센터도 대구출판인쇄정보밸리에 위치하고 있다. 2017년 설립된 대구출판산업지원센터는 지식기반사회로의 변화에 발맞춰 지역의 영세한 인쇄산업을 다양한 지식·문화 콘텐츠산업으로 고도화하기 위한 전략적 육성거점을 마련하는 것을 목적으로 삼고 있다. 이어 2019년 대구시의회가 지역서점 활성화에 관한 조례를 폐지하고, 지역출판 진흥조례를 제정했다. 그리고 10여 개 지역출판사가 2019년 대구출판문화협회를 결성하기도 했다.

하지만 대구지역의 출판산업 발전을 견인하는 기능은 미미한 것으로 평가받고 있다. 대구출판산업지원센터에 매년 투입되는 시비 8억 원 가량 가운데 7억 원 가량이 건물관리비와 인건비로 사용되고 있어 출판산업 진흥에는 역부족이다. 특히 역사적으로 출판문화의 거점인 대구의 정체성을 나타내는 전시공간조차 마련돼 있지 않는 것이 문제점으로 지적되고 있다. 또한 입주공간에는 영세한 출판사가 입주하기에 비싼 임차료 때문에 출판과 관련이 없는 기업들이 입주해 있는 실정이다. 게다가 지금까지 대구출판산업지원센터를 위탁 운영하던 한국출판문화산업진흥원이 2023년부터 위탁을 받지 않겠다고 대구시에 통보해 향후

운영에 어려움이 예상되지만, 대구시는 아직 뚜렷한 대안을 내놓지 못하고 있다

2. 2020년대 대구지역 출판의 실태와 미래

대구 출판계가 국난 등 어려움을 겪을 때마다 맡은 바 역할을 수행하면서 한 단계 발전했던 것처럼, 2020년 코로나19 사태의 1차 확산지로 대구가 부각되면서 지역출판계는 빛을 발했다. 또한 코로나19 사태로 비대면 문화가 형성되는 바람에 오프라인 지역책축제인 '2020 대구수성 한국지역도서전'이 온라인으로 치러지게 되면서 독서문화축제의 새로운 모델을 제시하기도 했다. 이와 함께 대구가 우리나라 기록문화의 거점이란 문화 정체성을 정립하는 계기를 만들었다. 이를 기반으로 도서관과 함께하는 독서운동을 펼치면서 지역의 미래를 열 수 있는 의제를 설정하고, 지역출판인들의 전국적인 연대를 강화하면 지역을 살릴 수 있는 밑거름이 될 것으로 기대된다.

1) 재난 기록자로서 빛을 발한 대구지역 출판

코로나19 사태로 큰 어려움을 겪었던 대구지역의 출판계는 기록문화의 거점이자, 영남권 기록문화의 본산本山으로서의 기능이 자연스레 수행됐다. 특히 지역에 재난이 발생한 경우 이를

기록으로 남겨야 하는 전문가로서 지역출판의 역할은 빛을 발했다. 대구는 2020년 2월18일부터 신천지 대구교회를 중심으로 코로나19가 급격히 확산되면서 국내에서 가장 많은 확진자를 발생시킨 불명예를 안게 됐다. 2020년 10월 15일 0시 기준 대구지역 국내 발생 확진자는 7천62명으로, 전국 2만868명의 33.8%를 차지할 정도였다. 그럼에도 불구하고 대구지역 출판사와 각종 기관 및 단체가 앞을 다투듯이 대구의 코로나19 현장을 기록으로 남겼다.

대구지역 출판사인 학이사는 2020년 4월 코로나19 대구시민의 기록인 『그때에도 희망을 가졌네』에 이어, 5월 들어 대구 의료진의 기록인 『그곳에 희망을 심었네』를 잇따라 발간했다. 일반시민 51명과 의료진 35명이 각각 필진으로 참여했다.

시민들과 의료진이 대구지역 코로나19의 상황을 생생한 역사를 남기는 기록자로 기꺼이 나선 데다, 어려운 이웃을 도움으로

〈그때에도 희망을 가졌네〉

〈그곳에 희망을 심었네〉

써 공동체의 가치를 높이는 자발적인 행동이어서 더욱 의미가 크다.

이들 기록물은 출간된 지 각각 며칠 지나지 않아 1쇄刷가 매진돼 2쇄를 간행한데 이어, 코로나19의 충격파가 우리나라만큼이나 큰 일본에 소개됐다. 대구시민의 기록은 일본어판版 전자책(e-book)과 종이책으로 제작돼 일본 독자들의 손에 들어갔으며, 대구 의료진의 기록도 일본어 번역이 이뤄졌다. 일본어판 제작은 일본 도쿄에서 한국문학을 전문적으로 소개하는 쿠온출판사(대표 김승복)가 담당했다. 이와 관련해 코로나19 대구 기록 시리즈를 기획한 학이사 신중현 대표와 몇몇 저자들은 일본 독

〈아침이 오면 불빛은 어디로 가는 걸까〉

자와의 만남을 화상대화 방식으로 진행하기도 했다. 특히 아사히신문 및 NHK 등 일본 언론에 기사화되기도 했다.

지역출판사가 코로나19 재난 기록의 신호탄을 쏘아 올리자,

〈2020 코로나19 백서〉

대구지역 문화기관 및 단체와 의료전문가 단체도 코로나19 기록화 대열에 동참했다. 대구시인협회는 2020년 3월부터 인터넷 카페에 '코로나19 대구경북'이란 코너를 만들어 지역 시인들의 시와 칼럼 등을 모은 뒤 『아침이 오면 불빛은 어디로 가는 걸까』란 제목의 기록물을 학이사에서 펴냈다. '코로나19 대구 시인의 기록'이란 부제에 걸맞게 대구에서 활동 중인 시인 95명이 쓴 코로나19 사태 속의 꿈과 희망의 노래를 담았다. 대구문화재단도 같은 해 5월 대구시민을 대상으로 '2020 대구 : 봄'이란 주제 아래 그림, 수필, 영상, 사진 등을 공모했다. 공모전에는 모두 475명이 참여했으며, 온라인 전시회를 통해 전국에 공유됐다.

　대구시의사회는 코로나19 사태를 상세히 기록함으로써 나중에 비슷한 상황이 발생했을 때 제대로 대처하기 위한 백서白書를 2021년 1월 펴냈다. 『2020 코로나19 백서, 대구시의사회의 기록』이란 이름의 이 책은 백서출간위원회가 대구시의사회 회원을 대상으로 동영상과 사진, 수필 등을 공모한 결과물이다.

대구지역에서 출판계와 문화단체 및 기관이 자발적으로 재난 기록의 주역을 자처한 사례는 코로나19 사태 이전까지 국내에서 재난 기록이 주로 전문가 집단에서 이뤄졌던 것에 비춰볼 때 큰 의미가 있다. 특히 2014년 4월 16일 발생한 세월호 참사를 계기로 전문가 집단의 재난 기록이 집중적으로 진행됐다. 이같은 현상은 대구시민의 성숙한 시민의식이 작동했기 때문인 것으로 해석된다. 코로나19 사태로 인한 불안심리를 극복하는 한편, 대구의 역량을 결집해 위기를 극복하자는 시민운동이 불붙은 것이다. 특히 정부와 일부 수도권 언론이 '대구 코로나'란 표현과 함께 지역혐오를 조장하는 가운데, 대구시민이 불쾌감을 성숙한 시민의식으로 승화시킨 자존감의 발로로 풀이된다.

세계보건기구(WHO)는 질병에 지리적 위치, 개인 등을 지칭하지 않도록 규정하고 있다. '우한 폐렴'으로 불리던 신종 코로나바이러스 감염증의 이름이 'COVID-19'로 결정된 이유다. 이에 따라 정부는 국내 명칭을 '코로나19'로 정했다. 한국기자협회도 코로나 보도준칙을 배포하면서 "지역명을 넣은 'ㅇㅇ폐렴' 등의 사용은 국가·종교·민족 등 특정집단을 향한 오해나 억측을 낳고, 혐오 및 인종차별적 정서를 불러일으킬 수 있으며, 과도한 공포를 유발할 가능성이 있다"고 설명한 바 있다. 그러나 국내에서는 질병에 지역명을 사용하는 사례가 여전했다. 실수를 인정하고 사과했지만, 정부는 '대구 코로나19 대응 범정

부특별대책지원단 가동'이란 제목의 보도자료에서 '대구 코로나
19'란 지역차별적인 표현을 사용했다. 또한 한 종합편성채널은
'서초구 상륙한 대구 코로나'란 자막을 내보냈다가 비난을 사기
도 했다. 이밖에도 수도권 신문과 방송에서는 '코로나19 확산,
텅 빈 공포의 대구', '진열대 텅 비었다… 코로나 덮친 대구 사재
기 행렬 "전쟁난 줄"' 등의 제목을 단 기사를 내보내 지역혐오를
부추긴다는 지적을 받았다. 특히 2020년 4월 15일로 예정된 제
21대 총선을 앞두고 다분히 정치적 의도를 담은 표현마저 횡행
했던 것이 사실이다.

　반면 대구지역에서는 성숙한 시민의식이 주류를 이뤘다. 대
구의 한 광고업체는 코로나19 때문에 흉흉해진 지역의 분위기
를 긍정적으로 해석한 1분2초 분량의 영상을 제작해 배포했다.
'코로나로 인해 거리에 사람이 없다?'란 자막과 함께, 을씨년스
러운 분위기를 연출하는 거리를 담은 영상으로 시작한 이 영상
은 '당신은 어느 쪽인가요?'라고 질문을 던진다. 이어 '정부 대
응 때문에', '중국인 때문에', '신천지 때문에'라고 선택지를 줬다
가 '아니면, 앞선 시민의식 때문에'라고 정답을 제시한다. 거리
가 텅 빈 모습은 공포나 불안심리 때문이 아니라, 시민들이 다
른 이들에게 피해를 주지 않기 위해 외출을 자제하고 가족과 함
께하기 때문이란 설명이다. 이어 '대구시민의 힘을 믿습니다'란
문구가 나오고, '#힘내라_대구'란 해시태그로 마무리된다.

　전국적으로 마스크 품귀현상이 이어지고 있는 가운데, 마스

크를 구하기 힘든 대구시민을 위한 '마스크 나누기 운동'도 추진
됐다. 지역 대학의 한 교수가 제안한 이 운동은 전 국민이 여분
의 마스크를 모아서 대구지역의 임산부, 저소득층, 보훈대상자
에게 제공하자는 것이다. 그는 대구시청 등 관련부서를 찾아 구
체적인 마스크 수거방법과 전달방법을 상의할 계획이라고 밝혔
다. 그는 페친(페이스북 친구)들에게 "깨끗이 포장된 마스크 한두
개라도 십시일반 동참해 달라"고 당부했다. 반응이 좋은 편이었
다. 동참을 약속한 댓글이 적지 않게 달렸으며, 지역 언론사에
도 어려운 이웃들에게 나눠줄 마스크를 제공하겠다는 독지가의
전화가 잇따랐다.

생필품 사재기 기사는 팩트가 아니었다. 마스크와 손소독제
는 전국적인 품귀현상을 보이는 품목이지만, 생필품 사재기는
전혀 사실과 달랐다. 사재기를 소재로 쓴 기사를 본 대구시내
한 마트 사장은 "사재기 하실 분 환영합니다. 종전의 가격으로
얼마든지 공급하겠습니다"라고 선언하기도 했다. 클릭수를 올
리기 위해 위기에 놓인 대구를 선정적으로 다루는 기사는 가짜
뉴스에 불과했다. 또한 총선을 앞두고 정파적, 개인적 이익만을
위해 시민들을 분열시키고 선동하는 행위도 지탄받아 마땅하다.

그 당시 페친이 보내준 '마스크 인문학'이란 제목의 시를 소개
한다. 대구시민들의 마음이 잘 나타난 시다.

네 호흡을 막기 위해

마스크를 한 것이 아니다

혹 내 호흡이 가졌을지 모르는 병이

너에게 감염될까 두려운 거다

너를 막고 나를 보호하기 위해서가 아니라

부족한 나를 막고 순결한 너를 보호하기 위해서

너와 나, 우리는 서로 마스크를 낀다

서로의 몸이 멀어지는 불온한 전염의 시대,

우리는 마스크로 마음을 나눈다

2) 일반시민도 기록, 지역출판의 역할 변화 기대

코로나19 사태에 앞서 대구에서는 지역을 기록하려는 시민들의 다양한 시도가 잇따랐다. 2019년 12월 대구 봉산문화회관에서는 '동인동인(東仁同人)- linked 아카이브展'이 열렸다. 이 전시의 주인공은 1969년 대구에서 가장 먼저 지어진 동인시영아파트였다. 중구 동인동에 자리 잡은 지 51년만인 2020년 재건축으로 사라질 운명에 놓인 이 아파트는 4층 복도식이며, 계단 대신 나선형 경사로가 특징이다. 아파트 및 거주자들 삶의 흔적을 기록하기 위해 모인 예술가들은 2018년부터 아파트란 근대적 건축물이 지닌 상징성과 신천 등 주변의 역사성이 뒤섞인 공간을 꼼꼼하게 탐사했다. 그 결과 2018년에는 아파트의 주거문화와 도시생태의 이모저모를 이 동네 어린이들의 시선으로 재발견한 그루터기 탁본 등 다양한 작품을 선보였다. 2019년에는 예술가의 시각으로 접근한 미디어 파사드, 인형극, 1일 숙박체험 게스트하우스, 메가폰 슈프레히콜(sprechchor), 레지던시 글방, 미디어 아트, 텍스트 아카이브 등이 공연 또는 운영된 뒤 기록물로 전시됐다.

또 영남내방가사연구회는 2019년 11월 수성구립 용학도서관에서 '제1회 영남내방가사 어울마당'을 시작으로 매년 열고 있다. 이 행사는 내방가사를 세계기록유산으로 등재하기 위한 첫걸음이었다. 내방가사는 조선시대 영남지역 여성들에 의해 창작되고 향유된 한글문학으로, 세계에서 유일한 집단 여성문학이다. 어울마당에서 회원들은 허난설헌의 '봉선화가'와 작자 미상의 '경상도 칠십일주가' 등 전승된 내방가사와 함께, '자탄가' '도동서원 보물담장' 등 자작 내방가사를 낭송했다. 이와 함께 두루마리 또는 책자 형태의 내방가사를 전시해 시민들의 눈길을 끌었다. 2022년부터 '영남가사문학 작품전'과 '영남가사문학 어울마당'으로 이름을 바꿔 진행하고 있다.

생산된 기록물을 수집해 시민들에게 제공하기만 했던 지역 공공도서관에서도 지역을 기록하는 작업을 이어가고 있다. 수성구립 용학도서관은 사라져가는 지역의 기록인 향토자료를 발굴하면서 2018년부터 매년 '도서관, 우리 마을의 기억을 담다'

란 제목의 대면 또는 온라인 전시회를 열고 있다. 코로나19 사태 때문에 휴관과 개관을 반복하던 2020년에는 사회적 거리두기 방침을 준수한 채 부분적으로 도서관을 개방하면서 '그때 그 시절'이란 이름으로 향토자료 전시회를 열었다. 시민들이 도서관에 들어오면서 가장 먼저 접하는 로비 공간에 향토자료를 전시한 이유는 코로나19로 불안해진 지역주민들이 심리적 안정을 찾기를 바라는 뜻이 있었다. 이와 함께 향토자료가 갖는 특성이 지역공동체 강화에 도움이 된다고 판단했기 때문이다.

2018년 말 마련한 수성못 중심의 향토자료 전시회에서는 각본 없는 드라마가 펼쳐졌다. 그 해 향토자료 수집활동의 성과물인 사진과 구술채록집 등으로 전시회를 열었다. 본인이 간직하고 있던 1960년대 초반 흑백사진 여러 장을 제공하고, 수성못과 주변 마을의 기억을 더듬어 구술채록에도 참여한 김수자 씨가 옛 친구 손정미 씨와 함께 어느 날 도서관을 찾았다. 두 분은 김 씨가 향토자료로 제공한 빛바랜 흑백사진의 주인공들이었다. 이날 두 분은 여중생 시절 수성못에 소풍을 갔다가 교복 차림으로 다정하게 찍은 흑백사진을 배경 삼아 60여 년 만에 기념사진을 다시 촬영하기도 했다. 이 내용은 지역 일간지에 실리기도 했다.

2022 도서관, 우리 마을의 기억을 담다의 주인공은 1974년부터 1987년까지 대구시 수성구 지산동 500번지에서 운영됐던 지산야학교였다. 용학도서관은 지난해 후반기부터 올해 전반기까지 1년 가까이 지산야학교와 관련된 향토자료를 발굴하고 수집

했다. 수집된 자료는 사진 189점, 교지 '형설', 동문지 '동문', 퇴임교사 소식지 '셈들회보', 졸업앨범, 일일찻집 초대장, 감사패, 졸업식 팸플릿 등 모두 12종 219점이다. 청년시절 야학교사로 활동했던 분들이 서로 수소문해 보관 중이던 빛바랜 자료를 내어놓은 것이다.

2022년 7월에는 야학교사들이 무대에 선 가운데 '우리 마을 이야기, 지산야학교'란 이름으로 보고회를 열기도 했다. 9월 한 달간은 재능나눔 사람도서관인 '용학이네 사람책방'에 야학교사들을 초청해 '지산야학교의 꿈, 선택과 열정', '지산야학교와 흥사단 활동', '교육봉사의 의미와 감동', '지산야학교에서 만난 사람들' 등의 이야기를 지역주민들과 나눴다. 야학교사들의 이야기는 모두 영상콘텐츠로 기록됐다. 그리고 수집된 각종 자료를 담은 기록물도 탄생된다.

디지털 대전환 시대를 맞아 인터넷을 기반으로 한 소셜미디어가 대중화되고, 특히 코로나19 사태로 디지털 대전환이 가속화되면서 콘텐츠 생산과 유통이 전문가의 영역이던 아날로그 시대는 저물어가고 있다. 지역을 기록하는 일을 특정 집단이 독점하던 시대는 지나가고, 이젠 출판 소비자인 일반시민들에게도 개방되고 있는 추세다. 이런 상황에서 지역출판의 역할은 재정립돼야 한다.

지역출판은 지역을 기록한다는 면에서 지역서점 및 지역도서관과 같은 맥락에서 움직여야 한다. 경쟁의 대상으로 볼 것이

〈'2020 온라인 대구수성 한국지역도서전' 개막행사〉

아니라, 출판 전문가로서 네트워크 구축을 주도하고 전문성을
발휘함으로써 지역 기록문화의 감독 역할을 수행한다는 설명이
다. 지역의 희망과 고민이 하나로 모이고 응축되는 지역사회의
현장에서 시대정신을 찾고, 그것을 기록하는 기획자 역할을 성
공적으로 수행해야 한다고 믿는다.

3) 코로나19 사태 속에서 돋보인 '2020 대구수성 한국지역도서전'

위기는 기회라는 격언이 있다. 아직도 코로나19 사태의 수렁
에서 벗어나지 못하고 있지만, 우여곡절을 겪은 '2020 대구수성
한국지역도서전'에 해당되는 표현이라고 생각된다. 코로나19는
지역출판인과 지역독자들의 축제인 한국지역도서전에도 영향을

미쳤다. 한국지역출판연대와 대구 수성구가 공동주최한 '2020 온라인 대구수성 한국지역도서전'은 코로나19의 태풍의 눈이었던 대구에서 열렸다.

서울과 파주를 제외한 전국 지역출판인들의 모임인 한국지역출판연대와 해당 지방자치단체가 공동 주최하는 이 행사는 지역문화를 제대로 기록하고자 하는 출판인들과 지역출판의 가치를 아는 이들의 염원이 녹아 있는 지역책축제이자 독서문화축제다. 책이 지역문화를 기록하는 기본적인 매체이기 때문이다. 지방자치단체 입장에서는 해당 지역의 문화를 전국에 알릴 수 있는 도시마케팅의 무대이기도 하다.

한국지역도서전은 2017년 제주에서 시작됐다. 서울과 경기도 파주의 유력 출판사들이 국내 출판시장의 대부분을 차지하는 현실 속에서도 지역문화를 보전하고 확산하려는 노력을 포기하지 않는 지역출판사들이 모인 한국지역출판연대가 제주시와 함께 도서전을 개최하면서부터다. 이어 2018년에는 경기도 수원에서, 2019년에는 전북 고창에서 성황리에 열렸다. 대구 수성구는 2019년 고창에서 열린 한국지역도서전에서 몇몇 도시와의 경합을 거쳐 도서전 유치에 성공하면서 차기 개최도시 선포식에 초대됐다. 2020년 대구 수성구에서 열린 한국지역도서전은 네 번째였다. 이어 2021년에는 강원도 춘천, 2022년에는 광주광역시 동구에서 개최됐다.

개최지를 소개하는 과정에서 눈치 빠른 독자는 알아챘겠지만, 한국지역도서전은 각 권역의 출판 및 독서문화를 대표하는 기초자치단체에서 열리고 있다. 제주권에서는 제주시, 경기권에서는 수원시, 호남권에서는 고창군, 영남권에서는 수성구, 강원권에서는 춘천시가 그러하다. 혹시나 미흡한 점이 있다고 한다면 해당 기초자치단체는 해당 권역에서 출판 및 독서문화를 대표할 수 있도록 노력하겠다는 의지와 각오를 다진 끝에 인정받은 것이며, 자치단체 스스로와 지역주민에게 약속을 한 것이다.

2020년 2월 18일 신천지 대구교회에서 31번 확진자가 나오는 바람에 대구가 코로나19 1차 확산의 주무대가 됐다. 그러면서 전국 단위 지역책축제이자, 독서문화축제인 '2020 대구수성 한국지역도서전'은 위기를 맞았다. 당초 5월에 수성못 상화동산에서 오프라인으로 진행하기 위해 계획을 수립했던 조직위원회는 지역도서전 개최 여부조차 확신할 수 없게 되자, 하루하루 가슴을 졸이면서 행사 일정을 10월로 바꿔 온라인과 오프라인을 병행하는 것으로 계획을 변경했다. 그러나 광복절 이후 수도권을 중심으로 2차 확산이 진행되자, 행사 계획을 온라인 중심으로 바꿀 수밖에 없었다. 지역도서전 계획을 세 차례나 수립한 셈이었다.

이때 조직위원회는 위기를 기회로 만들자고 다짐했다. 비대면 시대에 적합한 독서문화축제의 뉴노멀을 만들기로 한 것이다. 비대면으로 진행하는 것이 불가능한 '청소년 울트라독서마라톤' 등 몇몇 계획은 포기하고, 나머지 행사를 온라인에서 접근할 수 있도록 영상 콘텐츠로 제작하기로 했다. 덕분에 사흘 만에 막을 내릴 한국지역도서전의 콘텐츠는 영원히 남는 영상기록물로 제작됐으며, 행사기간도 춘천 한국지역도서전까지 1년간 온라인 플랫폼에서 이어지게 됐다. 그 결과 온라인 플랫폼을 찾은 접속기록은 하루 평균 50여 건에 해당하는 2만여 건이었다.

출판문화 또는 기록문화가 의미 있는 것은 그 시대의 문화를 담고 있기 때문이다. 특히 지역의 출판문화와 기록문화에는 지역문화가 오롯이 담겨 있을 수밖에 없다. 대구의 문화, 수성구의 문화에 서울이나 파주의 출판사가 관심을 가질 리 만무하다. 이런 이유로 한국지역도서전은 지역출판사들의 출판물만 공유할 것이 아니라, 해당 지역의 문화를 제대로 녹여내야 의미가 있다.

이 때문에 역대 한국지역도서전 조직위원회는 준비과정에서 고민에 고민을 거듭했다. 2017년 제주에서는 '동차기 서차기 책도 잘도 하우다예(동네방네 책도 많네요)'란 슬로건을 내걸고 '4·3 특별전'과 '올레책전' 등을 펼쳤다. 또 2018년 수원 화성행궁 일대에서는 '지역 있다, 책 잇다'란 슬로건 아래 '신작로 근대를 걷다', '도서관 속 수원, 역사와 문학을 담다' 등의 특별전을 진행했다. 2019년 고창 책마을해리에서는 '지역에 살다, 책에 산다'란 슬로건을 내걸고, '할매작가 전성시대전', '책감옥 체험' 등 다양한 프로그램이 진행됐다.

대구수성 한국지역도서전 조직위원회도 어깨가 무거웠다. 대구와 수성구의 문화 정체성을 제대로 조명함으로써 지역주민에게는 자긍심을, 외지 방문객들에게는 우리 지역의 문화적 특질을 보여줘야 하는 부담감 때문이다. 특히 '고담시티'와 '수구 꼴통도시'로 불릴 있을 정도로 부정적인 이미지만 있을 뿐 정체성이 모호한 대구는 물론, 졸부동네로 비춰질 수도 있는 '대구의 강남'이란 별명을 가진 수성구의 문화 정체성을 확인시켜줘야 했다.

조직위원회의 구상은 다음과 같았다. 모호한 대구의 문화 정체성은 고려시대 초조대장경이 팔공산 부인사에 봉안됐으며, 조선시대 출판문화의 3대 거점 역할을 경상감영에서 수행했던 역사적 사실을 통해 대구가 한반도 기록문화의 거점이며, 영남권 기록문화의 본산이란 점을 부각시킬 계획이었다. 또한 수성구 파동에 있었던 계동정사가 대구 유생들에게 퇴계 성리학을 보급하기 시작한 대구 유학의 뿌리란 점으로 수성구의 문화 정체성을 확립한다는 전략이었다. 이를 위해 수성특별전 I '대구, 출판문화의 거점'과 수성특별전 II '수성, 대구정신의 뿌리'의 영상콘텐츠 제작에 심혈을 기울였다. 수성구민과 대구시민에게 자긍심을 갖도록 하는 한편, 전 국민에게 수성구와 대구에 대해 왜곡된 인식을 바로 잡아보려는 의도였다.

2020 대구수성 한국지역도서전에 의미를 부여할 또 다른 대목은 민간 주도로 추진된다는 점이다. 개최지 단체장인 김대권

수성구청장이 의례히 맡았던 조직위원장 자리를 사양하고, 시조 시인인 문무학 전 대구문화재단 대표를 위촉했다. 또한 민간 전문가를 조직위원회 사무국장으로 임명함으로써 민간 전문가들이 행사를 주도하도록 체제를 갖췄다. 지역출판대상에 해당하는 '천인千人 독자상'에 동참할 독자들도 후원 목표도 무난히 달성했다. 천인독자상은 한국지역도서전 개막일인 10월 16일 시상한 '한국지역도서대상'의 별칭이다. 전국에서 책과 독서를 애정하는 누구든지 1천 명이 1만 원씩 모아 한 해 동안 지역출판과 독서 진흥운동에 기여한 저자와 지역출판사를 시상하는 이벤트다. 이 이벤트 때문에 지역을 기록하는 지역출판과 문화운동의 뿌리인 독서운동을 확산하는데 동참하는 문호가 활짝 열리기도 했다.

이밖에 명실상부하게 지역주민과 함께하는 한국지역도서전이 되도록 전 국민을 대상으로 공식 슬로건을 공모한 결과, '지역을 다독이다, 책을 다독多讀하다'가 선정됐다. '2020 대구수성 한국지역도서전' 개막 D-30일을 맞아 공개된 티저(teaser) 동영상의 첫 카피(광고 문안)는 '지친 국민을 다독이다'였다. 티저는 사람들의 호기심과 기대감을 불러일으키기 위해 내용 일부만 공개하는 맛보기를 뜻한다. 이 카피는 2020년 8월 서울 이태원을 중심으로 재확산된 코로나19 사태로 피로도가 한층 높아진 국민을 위로하자는 의도에서 공식 슬로건을 활용해 등장했다.

티저 동영상에서는 운영방식이 '언택트(비대면)를 넘어 온택트

(영상대면)'로 바뀐다는 내용이 소개됐다. 행사명이 온라인 방식으로 진행되기 때문에 '2020 온라인 대구수성 한국지역도서전'으로 수정됐다. PC용과 모바일용으로 각각 제작된 티저 홈페이지도 D-30일에 함께 공개됐다. 홈페이지는 한국지역도서전의 개요와 연혁 등을 안내하는 '도서전 안내', 공지사항과 보도자료 등을 담는 '알림마당', '이벤트'로 간단하게 구성됐다.

인스타그램과 페이스북 등 SNS를 활용한 이벤트도 진행됐다. 인스타그램에서는 모바일 상품권을 제공하는 '책놀이 한 컷!'이 인기몰이를 했다. 독서를 비롯해 책을 가지고 할 수 있는 다양한 활동을 담은 사진이나 동영상을 인스타그램에 올리는 한편, 한국지역도서전과 관련된 지정문구에 해시태그를 달면 됐다. 지정문구는 '#2020대구수성한국지역도서전', '#한국지역도서전', '#책놀이한컷!', '#수성구립도서관', '#한국지역출판연대'이었다. 그러면 선착순 500명에게 스타벅스의 큰 사이즈 아이스 아메리카노 한 잔을 교환할 수 있는 기프티콘이 제공됐다. 선택된 사진이나 동영상은 한국지역도서전에 활용됐다.

'북 커버 챌린지(Book Cover Challenge)'는 전국의 한국지역도서전 관계자들을 중심으로 페이스북에서 진행됐다. 이 챌린지는 참여자의 부담을 덜어주기 위해 독후감이나 서평 등 일체의 설명 없이 책 표지 사진만 한 주일간 소개하면서 다른 페이스북 친구 한 명에게만 릴레이 동참을 권유하는 방식이었다. 목적은 독서문화 확산과 한국지역도서전 홍보에 기여하는데 있었다. 이를 위해 반드시 D-데이 앞둔 카운트 다운을 나타냈다.

운영방식이 오프라인에서 온라인으로 변경되면서 메시지 전달의 핵심으로 부각된 영상 콘텐츠와 온라인 플랫폼 제작비용 등이 확보된 예산의 한계를 훌쩍 뛰어넘었다. 그러나 코로나19 대처에 많은 예산이 투입되는 탓에 한국지역도서전 예산은 증액할 엄두도 내지 못할 상황이었다. 이 때문에 필수경비만 남긴 채 조직위원회 운영비와 전문인력 인건비 등 살림살이를 줄일 수밖에 없었다. 그래도 부족한 예산 사정을 이해하고 대구경북영화영상사회적협동조합, 대구경북광고산업협회, 이벤트협회가 시민문화운동 차원에서 힘을 보태줬다.

'청소년 울트라독서마라톤' 등 포기할 수밖에 없었던 적지 않은 오프라인 행사가 여전히 아쉽지만, 온라인 지역책축제 및 독서문화축제의 뉴노멀을 제시하려고 노력했으며 성과도 거뒀다. 특히 코로나19 사태의 장기화 때문에 생긴 '코로나 블루'로 불리는 우울증을 예방하고 극복하는데 독서가 가장 효과적이란 점을 부각하려고 애썼다.

4) 기록물에서 부각된 대구의 문화 정체성

문화 정체성文化正體性의 사전적 정의는 '어떤 문화가 다른 문화와 구별되는 고유한 특성'이다. 이는 같은 문화에 소속돼 있는 구성원을 통해 공유되고, 그 집단의 동질성을 확보함으로써 구성원 전체의 화합과 통합을 이뤄내고, 자긍심을 갖도록 한다.

〈2020 온라인 대구수성 한국지역도서전에서 펼쳐진 '수성특별전 I'〉

대구와 수성구는 문화사적으로 존재 의미가 우뚝한 도시였다. 하지만 안타깝게도 챙겨야 마땅한 문화사를 제대로 계승하지 못한 점이 있다. 이 때문에 다른 도시나 외국에서 어렵사리 대구와 수성구를 찾은 방문객에게 자랑할 만한 소재를 찾기 힘든 것이 현실이다.

대구와 수성구의 문화 정체성을 재정립하기 위한 시도가 '2020 온라인 대구수성 한국지역도서전'에서 펼쳐졌다. '수성특별전 I'과 '수성특별전 II'란 이름으로 두 가지 내용의 영상 콘텐츠가 소개됐다. 대구가 출판문화의 거점이며, 수성구는 출판의 기록성 덕분에 대구정신이 태동된 곳이란 사실을 확인했다는 내용이다. 출판은 문화산업의 뿌리다. 특히 인터넷을 기반으로 하는 뉴미디어가 등장하기 전까지 출판은 정보와 지식을 소통하고 공유하는 유력한 미디어였다. 영상이 주력 매체로 부각된 오늘날에도 출판시장은 위축됐지만, 출판의 중요성은 조금도 줄어들지 않았다.

대구가 고려시대부터 현대에 이르기까지 우리나라 출판문화의 거점으로 작동하고 있다는 사실은 앞에서 거론됐다. 아날로 그 출판문화의 결과물인 문집을 통해 확인된 수성구의 문화 정체성은 수성구 파동 출신으로, 대구유학의 시조로 일컬어지는 조선 중기 문인인 계동 전경창 선생(1532~1585)으로 거슬러 올라간다. 파동에서 나고 자란 계동 선생은 도산서원을 찾아 퇴계 이황의 가르침을 받은 뒤 자신의 집에 마련한 계동정사에서 대구지역 유생들에게 위기지학爲己之學을 지향하는 퇴계 성리학을 처음 전파하고, 대구 최초의 서원인 연경서원을 건립한 뒤 후학을 양성해 대구를 인재의 도시로 만든 인물이다. 특히 그는 자신의 문집인 『계동집溪東集』에 수록된 가헌家憲을 통해 '공부방에는 책, 거문고, 활만 두라'고 할 정도로 문무를 모두 중시한 선비였다. 이같은 사실은 계동집은 물론, 낙재 서사원과 모당 손처눌 등 제자들의 문집을 통해 확인되고 있다.

'활 든 선비'로 컨셉트를 잡은 계동 선생의 가르침은 임진왜란 때 왜군이 대구를 침범하자 낙재와 모당 등 제자들이 모두 의병장으로 활약하면서 지식인의 사회적 책무를 수행하게 만들었다. 이 정신은 항일 의병운동과 일제강점기 초반 대한광복회와 의열단의 무장독립운동, 1940년대 반딧불이 사건과 태극단 사건 등 학생독립운동으로 이어졌다. 이를 계승한 대구정신의 정점은 대한민국 민주화운동의 효시인 2·28민주운동이다. 불의에 저항하고, 공동체의 안녕을 수호하기 위해 기꺼이 몸을 던지는 대구 정신의 뿌리를 계동 선생에서 찾을 수 있다는 설명이다.

대구를 대표하는 특징 중 하나로 중구 남성로에 약전골목이 있다. 또한 약전골목에서 활용됐던 허준의 동의보감東醫寶鑑을 경상감영에서 목판본으로 간행한 기록이 남아있다. 동의보감 경상감영본은 2021년부터 대구한의대와 수성구가 '한의학을 품은 인문향기도시 수성×경산, 치유 희망을 열다'란 슬로건을 내걸고, 정부의 인문도시 지원사업을 수행하면서 소환됐다. 2021년 10월 28일 용학도서관에서는 '동의보감, 양생養生의 활자를 새기다'란 주제로 대장경문화학교 안준영 대표가 동의보감의 목활자본 제작과정 중 인체 도형이 있는 '내경편' 7장을 재현하는 과정에 대해 강연했고, 이산책판박물관 안정주 기획실장이 '목판화에 새긴 동의보감 이야기'란 제목으로 동의보감을 소재로 한 목판화를 액자로 꾸미는 체험을 진행했다. 이와 함께 대구한의대에서 소장하고 있는 동의보감 판본이 2022년 3월 용학도서관에서 한 달 간 전시되기도 했다.

2006년 시작된 인문주간은 매년 가을의 한 주를 정해 시민들에게 인문학을 접할 수 있는 기회를 제공하기 위해 교육부와 한국연구재단이 주최하는 전국적인 행사다. 지역 대학과 지자체의 네트워킹을 통해 시민들에게 인문학을 접할 기회를 제공함으로써 지역의 인문 자산을 발굴해 대중화하는 것을 목표로 한다.

대구에서는 대구한의대 한학촌, 수성구립도서관, 국채보상운동 기념관, 대구근대골목, 팔공산 등지에서 시민들과 함께 치유와 희망에 대한 인문 이야기를 나눈다. 전통 깊은 약령시가 있는 대구의 지리적 특성을 담아내는 동시에, 대구한의대의 강점인 한의학이란 주제로 지역공동체와 공감대를 형성할 수 있는 토크콘서트, 강연, 전시, 체험, 탐사 등 다양한 이벤트가 진행되고 있다.

당대 동아시아 최고의 의학서인 동의보감은 우리나라 국보 제319호이자, 2009년 유네스코가 지정한 세계기록유산이다. 선조의 명에 의해 편찬이 시작된 동의보감은 중국과 조선의 의학서를 모아 1610년(광해군 3년) 집필이 완성됐으며, 3년 뒤 내의원에서 목활자木活字로 간행됐다. 세계기록유산으로 지정되는 과정에서는 중국의 반대가 컸다. 사실 의학서의 절대량으로 보면 중국이 조선보다 훨씬 많으나 체계적인 분류와 관리가 상대

〈동의보감〉

적으로 부족했으며, 기록물에 대한 국가적 관심이 소홀했던 점
이 고려된 것으로 알려졌다.

동의보감은 대구와 인연이 깊다. 대구에서 전국적으로 이름
난 약령시인 약전골목이 운영되고 있을 뿐만 아니라, 1601년 대
구에 자리 잡은 경상감영에서 목활자로 간행된 동의보감을 목판
에 다시 새겨 영남 전역에 대량으로 배포했다. 목판에 다시 새
긴 이유는 당시 목활자가 많은 책을 찍어내기에 기술적으로 한
계가 있었기 때문이다. 기록에 따르면 동의보감은 17~19세기
경상감영과 전라감영에서 여러 차례 간행됐다. 경상감영의 목판
본 간행은 전라감영보다 앞선 것으로 기록되고 있다.

한편 전라감영이 있었던 전주에서는 비슷한 시기에 동의보감
의 가치를 되새기는 행사가 대구보다 풍성하게 열렸다. 2021년
7월부터 9월까지 두 달간 전주한옥마을에 자리한 완판본문화관
에서 '동의보감, 백세건강을 새기다'란 제목으로 전시회가 열렸

다. 한국한의학연구원 동의보감사업단이 주최하고, 문화재청과 경상남도 및 산청군이 후원한 행사였다. 전라감영에서 목판으로 새겨 동의보감을 간행했던 책판冊板 두 점이 공개됐으며, 동의보감을 처음 간행할 때와 같이 재현된 목활자가 최초로 선보였다. 이와 함께 목활자와 목판을 비교할 수 있는 자료도 전시됐다.

전라감영에서 목판으로 새겨 동의보감을 간행했던 책판은 전주향교에 소장돼 있다가 현재 전북대 박물관에 보관되고 있다. 전북대 박물관에 보관 중인 전라감영 책판은 동의보감 책판 150여 장을 포함해 모두 11종 5천58장이다. 반면, 동의보감 책판을 비롯한 경상감영 책판은 대구에 한 점도 남아있지 않다. 행방이 묘연했던 경상감영 책판은 18종 4천205장이 서울대 규장각한국학연구소에 남아있는 것으로 몇 해 전 알려졌다.

코로나19 방역조치 때문에 세계화 현상이 주춤하면서 국제교역은 급격히 줄어들었지만, 세상이 아날로그에서 디지털로 바뀌는 추세를 뜻하는 디지털 대전환은 가속화되고 있다. 이 때문에 오프라인에서는 국내시장을 주목할 수밖에 없게 됐고, 온라인에서는 세계시장에 내놓을 수 있는 지역성 또는 로컬리티(Locality) 개발에 주력해야 할 상황이 됐다. 지역성은 문화 정체성을 기반으로 한다. 그래서 대구와 수성구는 지금이라도 문화 정체성을 재정립해야 하는 것이다. '가장 지역적인 것이 가장 세계적이다'란 구호와 함께, 글로벌과 로컬의 합성어인 '글로컬'이란 단어가 설득력 있게 다가오는 요즘이다.

5) 지역출판이 독서문화운동 주도

매년 4월 23일은 세계 책의 날이다. 정식 명칭은 '세계 책과 저작권의 날(World Book and Copyright Day)'이다. 국제연합 교육과학문화기구(UNESCO)가 독서 진흥, 도서출판 장려, 저작권 보호를 촉진하기 위해 스페인의 요청으로 1995년 열린 28차 유네스코 총회에서 제정했으며, 다음해부터 전 세계적으로 매년 실시되는 기념일이다. 매년 4월 23일이 기념일이 된 유래에는 두 가지 설이 유력하다. 스페인 까딸루니아 지방에서 전통적으로 책을 사는 사람에게 꽃을 선물했던 '상트 호르디(성 조지)의 날' 풍습에서 유래했다는 설과 함께, 세계적인 대문호인 세르반테스와 셰익스피어가 1616년 4월 23일 동시에 서거했기 때문에 이를 기리기 위해 제정됐다는 설이다.

우리나라에서는 2012년 독서의 해를 맞아 책으로 행복한 마음을 전하는 문화를 정착하기 위해 세계 책의 날 애칭을 '책 드림 날'로 정했다. 책 드림은 책을 드린다란 뜻과 함께, 영어 단어 'Dream'을 활용해 '책에서 꿈과 소망, 희망을 찾는다'란 의미가 함축돼 있다. 문화체육관광부와 한국출판문화산업진흥원은 매년 4월 23일 파주출판도시 아시아출판문화정보센터에서 기념식을 열고, 책과 장미를 선물하고 있다. 코로나19가 기승을 부리던 2021년에는 책 드림 행사에 당첨된 시민 423명과 화상회의 시스템으로 대화를 나누기도 했다.

대구에서도 세계 책의 날을 기념하는 행사가 지방자치단체와 민간 차원에서 진행되고 있다. 대구시는 지역서점과 시민들의 독서활동을 장려하기 위해 다른 지역에서 실시하고 있는 지원사업보다 더 적극적인 방안을 찾아냈다. 몇몇 다른 지역에서는 서점에서 책을 사서 읽은 뒤 도서관에 반납하면 책값의 상당 부분을 되돌려주는 지원책을 펼치고 있다. 이 경우 시민들이 베스트셀러 위주로 책을 선택하기 때문에 도서관 입장에서는 같은 책이 밀려드는 문제가 발생한다. 하지만 대구의 경우 도서구입비를 지원함으로써 시민들이 자신이 선택한 책을 반납하지 않고 소장할 수 있기 때문에 지원사업의 실효성이 높은 것으로 평가된다.

구체적으로 소개하자면 매년 4월 23일부터 11월까지 선정된 지역인증서점 30곳에서 책을 구입하면 1인당 10만 원 범위 안에서 지역출판사 간행도서는 책값의 80%, 다른 지역 출판사의 경우는 50%를 지원한다. 만 13세 이상 대구시민이면 누구나 할인을 받을 수 있다. 하지만 초·중·고 문제집이나 사전, 종교 경전, 취업 및 자격증 관련도서와 만화책, 컬러링북 등은 지원에서 제외된다. 지역인증서점 연락처와 서점별 지원금 소진 여부는 대구출판산업지원센터 홈페이지(www.dpps.or.kr)에서 확인할 수 있다.

도서출판학이사와 이상정 장군 및 이상화 시인의 생가에 자리를 잡은 라일락뜨락1956은 2021년 23일부터 30일까지 '코로나19 퇴치 기원 및 2021 세계 책의 날 기념 향토작가 4+23 초대 도서전'을 라일락뜨락 전시실에서 열었다. '4'에 해당하는 전시도서는 2020년 코로나19가 대구에서 기승을 부리던 상황을 기록한 『그때에도 희망을 가졌네』, 『그곳에 희망을 심었네』, 『아침이 오면 불빛은 어디로 가는 걸까』, 『등불은 그 자체로 빛난다』다. 그리고 시, 산문, 아동문학, 인문, 소설 분야의 지역작가 23명이 쓴 책의 표지가 전시됐다. 전시 개막일인 23일에는 지역작가를 대표한 5명이 북토크를 진행했으며, 전시장을 찾는 시민 27명에게 선착순으로 장미꽃 한 송이씩 선물했다.

세계 책의 날을 기념하기 위해 열리던 행사인 '대구, 책으로 마음잇기'가 2020년에는 코로나19 사태로 취소됐다. 하지만 2021년에는 이 행사를 잊지 말자는 뜻에서 소규모로 진행됐다. 슬로건은 '책으로 마음잇기, 책으로 세대잇기'다. 책을 통해 시민들이 서로 마음을 잇고, 지역 선배인 기성세대와 후배인 청년들이 서로 마음을 잇자는 의도다. 4월 23일부터 5월 16일까지 자신이 추천하는 책의 표지와 23쪽 사진을 페이스북 또는 인스타그램에 올린 캠페인 참여자 중 20명을 추첨해 책을 선물했다.

책의 가치를 되새겨보기 위해 1995년 제28차 유네스코 총회에서 채택된 '세계 책의 날' 제정 결의안 중 일부를 소개한다. '유네스코 총회는 역사적으로 인류의 지식을 전달하고, 이를 가장 효과적으로 보존하는데 있어 큰 역할을 해온 책의 중요성을 인식한다. 또한 도서의 보급이 독자뿐 아니라, 문화적 전통에 대한 사람들의 인식을 발전시켜 이해, 관용, 대화를 기초로 한 사람들의 행동을 고무시킨다는 점을 인정한다. 이에 현재까지 국제적으로 책의 날을 제정하지 않았음을 인식해 4월 23일을 '세계 책과 저작권의 날'로 제정한다.'

한편 매년 10월 11일은 우리나라 '책의 날'이다. 대부분의 사람들이 매년 4월 23일 '세계 책과 저작권의 날'은 알지만, 우리나라에서 제정된 '책의 날'은 모르고 있다. 매년 열리는 책의 날 기념식의 주요 행사는 출판문화 발전에 기여한 유공자들에게 훈장과 대통령 표창 등을 시상하는 것이다. 책의 날이 출판계의 기념일로만 치러지면서 시민들에게 외면당하는 느낌을 지울 수 없는 사실이 안타까울 따름이다.

책의 날은 사단법인 대한출판문화협회에 의해 세계 책의 날보다 8년 앞선 1987년 제정됐다. 책의 소중함과 책 읽는 즐거움을 널리 일깨우기 위해 기념일을 정하자는 제안에 따라 출판학계, 서지학계, 도서관계, 출판계, 언론계를 대표한 전문가 11명으로 구성된 위원회가 책의 날 제정을 추진했다. 위원회는 팔만대장경 완성일인 10월 11일과 고려 국자감 서적포 설치일인 4월 11일 중에서 기념일을 제정하자는 안을 두고 각계각층에 설문조사를 벌였다. 그 결과, 팔만대장경 완성일이 절대 다수를 차지했다.

10월 11일을 책의 날로 정한 이유는 당시 책의 날 선언문으로 채택된 '책의 날을 받드는 글'에도 잘 나타나 있다. '책은 마음의 밭을 갈아 생각의 깊이를 더하고, 슬기의 높이를 돋군다'로 시작된 선언문은 '이에 우리는 책의 가없는 뜻을 알리고, 크나 큰 고마움을 기리도록 우리의 자랑인 팔만대장경이 나온 시월 열 하룻날을 책의 날로 받든다'로 마무리된다. 2007년 유네스코 세계기록유산으로 등재된 팔만대장경이 우리나라의 출판문화를 대표한다는 점을 강조한 것이다. 팔만대장경은 현재 남아있는 대장경 가운데 가장 오래된 것일 뿐만 아니라, 체재와 내용도 가장 완벽한 것으로 평가되고 있다.

국보 제32호인 팔만대장경 경판은 합천 가야산 해인사에 소장돼 있는 재조再雕대장경 경판이다. 고려 고종 19년(1232년) 몽골의 침입으로 대구 팔공산 부인사에 봉안되어 있던 초조初雕대장경 경판이 불타버리자, 1237년 불력으로 몽골군을 물리치고자 대장경 경판을 다시 판각하는 대역사를 시작한 지 16년 만인 1251년 9월 25일(양력 10월 11일)에 완성됐다.

문제는 책의 날이든 세계 책과 저작권의 날이든 독서문화를 진흥하고자 제정됐지만, 하향곡선을 그리는 우리나라의 독서통계는 회복될 기미를 보이지 않는다는 점이다. 통계청이 발표한 2019년 사회조사 결과에 따르면 13세 이상 인구 중 독서인구 비중은 50.6%로, 2013년 이후 계속 감소하고 있다. 또한 독서인구 1인당 평균 독서권수는 14.4권으로, 최근 10년 이래로 가장 낮았다.

게다가 출판시장은 양극화가 심화되고 있다. 대한출판문화협회가 발표한 2019 출판시장통계에 따르면 주요 출판사는 예상을 웃도는 실적을 거뒀고, 대형 온·오프라인 서점도 괜찮은 실적을 올렸다. 그러나 지역출판사를 포함한 소규모 출판사와 오프라인 기반의 중소형 지역서점은 역성장을 한 것으로 나타났다.

6) 대구 출판, 지역 공공도서관과 협업

매년 4월 12일부터 18일까지 한 주간은 도서관주간이다. 2022년 도서관주간의 표어는 '도서관, 책과 당신을 잇다'다. 4월은 도서관과 책의 달이다. 매년 4월 12일부터 한 주일간 진행되는 도서관주간에 이어, 4월 23일은 세계 책의 날이기 때문이다. 전국의 도서관은 4월 한 달간 도서관과 독서문화 진흥의 필요성을 알리는 다양한 행사를 준비해 시민들을 맞이한다. 용학도서관도 책과 시민을 잇기 위해 '2022 한국지역도서전 개최도시전'을 마련했다.

우리나라의 도서관주간은 1964년 공식적으로 시작됐다. 당시 한국도서관협회와 미8군 도서관이 함께 도서관주간 행사를 주최했다. 한국도서관협회의 취지문에는 '한국의 도서관과 한국 주재 미군 도서관은 1964년 4월 12일부터 18일까지 실시될 도서관주간 행사를 캐나다와 미국 도서관의 협조 아래 공동사업으로 추진한다'고 밝혔다. 2022년 도서관주간은 이때부터 58년째가 된다.

이에 앞서 일제강점기에도 도서관주간이 있었다고 한다. 도

〈2022 한국지역도서전 개최도시 展〉

서관사를 연구하는 도서관운동가에 따르면 1924년 11월 지금의 남산도서관인 경성부립도서관이 도서관주간 행사를 진행한다는 언론보도가 있었다. '경성부립도서관은 일본을 포함, 전국적으로 개최되는 도서관주간에 맞춰 3일 동안 열람실을 무료로 개방한다'는 내용이었다. 당시 도서관은 돈을 내고 이용하는 유료시설이었다. 지금은 도서관주간이 4월에 있지만, 그 당시에는 11월에 열렸던 것으로 보인다.

2023년부터는 도서관주간이 시작되는 4월 12일이 법정기념일인 '도서관의 날'이 된다. 2021년 도서관법 전부개정에 따른 조치다. 도서관의 사회적 가치가 법률상 인정받는 것이기에 반가운 일이다. 이를 기념하기 위해 대통령 소속 도서관정보정책위원회와 문화체육관광부가 주최하고, 한국도서관협회가 주관하는 제58회 도서관주간 기념포럼 '도서관에 기술을 입히다'가 열리기도 했다.

용학도서관도 제58회 도서관주간과 세계 책의 날을 맞아 4월 한 달간 '2022 한국지역도서전 개최도시展'을 열었다. 이 행사는 매년 한국지역출판연대와 전국의 기초지방자치단체가 지역 문화를 기록하고, 지역콘텐츠를 발굴하는 지역출판의 가치를 부각할 목적으로 개최하는 한국지역도서전의 의미를 되새기기 위해 마련됐다. 용학도서관이 책과 지역, 시민을 잇기 위해 마련한 행사다.

이번 행사에는 2017년 한국지역도서전을 처음 개최한 제주를 비롯해 경기 수원(2018년), 전북 고창(2019년), 대구 수성(2020년), 강원 춘천(2021년)의 지역출판사들이 최근 출간한 도서 중 대표작 120여 점이 전시됐다. 전시된 책을 소개하자면 『제주, 아름다움 너머』, 『은퇴 해녀의 불면증』, 『우리가 꿈꾸는 도시』, 『이제 안녕, 도룡마을』, 『빛의 바다』, 『우리 학교 교과서 만들자』, 『마을발견』, 『기후위기 과학특강: 도와줘요, 기후 박사!』, 『그때에도 희망을 가졌네』, 『대구에 산다, 대구를 읽다』, 『춘천의 근대거리를 거닐다』, 『강원의 산하, 선비와 걷다』 등 지역성이 강한 기록물이다.

또한 매년 한국지역도서전에서 시상하는 '천인독자상'을 수상한 우수도서와 함께, 한국지역출판연대가 매년 한국지역도서전을 기록하기 위해 출간하는 기념도서도 전시됐다. 『나는 지역에서 책 지으며 살기로 했다』, 『지역에 살다, 책에 산다』, 『지역을 다독이다, 책을 다독하다』, 『지역출판으로 먹고 살 수 있을까』 등이 그것이다. 한국지역출판연대와 교류하는 중국 및 일본의 지역출판물도 전시됐으며, 역대 한국지역도서전을 기록한 영상과 지역출판사 관련 영상도 상영됐다.

이어 세계 책의 날인 4월 23일 용학도서관 시청각실에서는 한국지역도서전 개최도시전에 대표작을 출품한 전국의 주요 출판인들이 참여해 지역출판의 미래 등 다양한 이야기를 나누는 토크쇼 '지역출판인과의 만남'이 열렸다. 지역을 기록하고, 지역의 콘텐츠를 담는 출판인과의 대화에서 지역출판의 가치를 주민들과 함께 되새기기 위한 의도였다. 공공도서관이 주목해야 할 대목이 책을 비롯한 다양한 매체에 담긴 지식정보를 공유하는 것과 함께, 해당지역의 문화 정체성을 지역주민들과 함께 정립함으로써 지역공동체를 강화하는데 기여해야 하기 때문이다.

이날 무대에 등장한 지역출판인은 부산의 산지니 강수걸 대표, 강원 춘천의 문화통신 유현옥 편집주간, 전북 장수의 내일을여는책 김완중 대표, 대구의 달구북 최문성 대표였다. 이들은 여러 가지 여건상 지역에서 활동하는 것이 결코 쉽지 않음에도 불구하고, 규모의 차이는 있을지라도 자신의 지역에서 제대로 된 책을 열심히 펴내는 출판인이다. 또 다른 공통점은 매년 전국의 기초지방자치단체와 함께 지역출판의 가치를 확산하기 위해 한국지역도서전을 주최하는 한국지역출판연대에서 함께 활동한다는 점이다.

두 시간 이상 진행된 토크쇼에서 등장한 화두는 지역과 출판이었다. 문명 발달의 원동력은 적당한 결핍에서 태동된 혁신이며, 권력이 집중된 중앙보다는 소외된 지역이 혁신의 터전이었다. 출판 영역에서 살펴보면 서양 문명사에서 가장 큰 기여를 했다는 구텐베르크의 금속활자가 1455년 독일의 소도시 마인츠에서 발명됐으며, 지구상에 남아 있는 가장 오래된 금속활자 출판물인 〈백운화상초록불조직지심체요절白雲和尚抄錄佛祖直指心體要節〉은 고려시대인 1377년 청북 청주에서 발간됐다. 또한 세계 최대의 도서전인 프랑크푸르트 국제도서전도 마인츠 인근에서 열리고 있다.

이와 함께 대구지역 출판사들의 모임인 대구출판문화협회는 매년 수성구립도서관인 용학도서관과 함께 지역출판물을 전시하고 있다. 2022년에는 독서의 달 특별전시로 9월 1일부터 20일까지 용학도서관 전시공간에서 '대구지역 출판사 신간도서展'을 진행했다. 대구지역 출판사에서 2022년 발간된 신간도서 60여종을 지역주민에게 선보이는 기회였다. 참여 출판사는 나무와문화연구소, 달구북, 담다, 뜻밖에, 부카, 브로콜리숲, 빨강머리앤, 소소담담, 학이사, 한티재 등이다. 2021년에는 10월 1일부터 10월 15일까지 '대구지역 출판사가 만든 그림책展'을 운영했다. 그림책 전시에는 대구출판문화협회에 가입된 달구북, 부카, 빨강머리앤, 학이사 4개 출판사가 2019년부터 2021년까지 출간한 그림책 중에서 선별한 40여 종이 등장했다. 전시된 그림책 중에는 『수성못』, 『모명재』, 『나라빛 1300』, 『귀신통 소리통』, 『나야대령』 등 대구와 수성구의 역사와 정체성을 소개하는 책도 포함됐다.

출판의 역사는 인류 문명사와 밀접한 관계에 놓여 있다. 문명이 발달하면서 발생하는 정보는 인간의 기억력으로 보관할 수 있는 양을 초과하게 됐고, 일정한 형태를 통해 저장할 필요가 생겼다. 이를 위해 바위에 특정한 기호를 새기는 식으로 기록이 이뤄졌으며 점토판, 파피루스, 죽간, 양피지 등의 형태로 기록 매체가 등장했다. 종이의 등장은 이들 매체와 다르게 정보의 대량 수록을 가능하게 한데 이어, 금속활자의 발명은 정보의 대량 확산을 촉발시켰다.

금속활자의 발명이 인류에게 끼친 영향력은 막대하다. 15세기까지 필사筆寫로 유지되던 문자 기록에 혁신을 일으킴으로써 권력의 원천이었던 정보가 확산되면서 사회적으로 큰 변화를 일으켰다. 중세 유럽의 책은 필사본이었기에 가격이 매우 비싸고 구하기도 힘들었다. 그러나 금속활자가 탄생하면서 책의 대량 생산이 가능해졌고, 많은 사람들이 쉽게 책을 접할 수 있게 됐다.

1517년 종교개혁을 시작한 마르틴 루터의 '95개조 반박문'은 구텐베르크의 금속활자 인쇄술에 힘입어 불과 2주 만에 전 유럽으로 파급됐다. 루터는 금속활자를 가리켜 "복음 전파를 위해 신이 내리신 최대의 선물"이라고 극찬했다고 한다. 금속활자 발명에 의해 정보와 지식이 대중에게 빠른 속도로 전파되면서 종교개혁과 르네상스의 불길에 타오르게 됐다. 이 때문에 구텐베르크가 금속활자로 인쇄한 42행 성서는 '구텐베르크 혁명'이라고 일컬어진다. 42행 성서는 한 페이지에 성경이 42줄로 인쇄됐기에 붙여진 이름이다.

인류 역사를 바꾼 혁신의 아이콘인 금속활자 발명에 우리 민족이 자긍심을 가질 대목이 있다. 서양의 구텐베르크의 42행 성서보다 78년 앞선 1377년(고려 우왕 3년) 간행된 현존하는 최고最古의 금속활자본인 백운화상초록불조직지심체요절이 청주 흥덕사에서 간행됐다. '직지' 또는 '직지심체요절'로 줄여서 불리는 이 책은 '직지의 대모'로 불리는 고 박병선 박사에 의해 1967년 프랑스 국립도서관에서 발견됐으며, 1972년 파리에서 열린 세계고서전시회에서 공개됐다. 2001년에 이르러 승정원일기와 함께 유네스코 세계기록유산에 등재됐다.

매년 가을에 열리는 프랑크푸르트 도서전은 세계에서 가장 규모가 크고 영향력 있는 책 박람회다. 프랑크푸르트에서 최초로 도서전이 열린 것은 1478년. 구텐베르크가 프랑크푸르트 인근 도시 마인츠에서 금속활자 인쇄술로 42행 성서를 출간하고 얼마 지나지 않아서였다. 이 덕분에 15세기 말 무렵부터 프랑크푸르트는 유럽 출판의 중심지 역할을 맡았다. 제2차 세계대전이 끝나고 1949년 재개된 프랑크푸르트 도서전은 매년 가을, 닷새 동안 펼쳐지는 국제적인 북 페스티벌로 자리를 잡았다.

글로벌 시대에는 국가보다 도시의 경쟁력이 부각되고 있다. 정보통신기술의 발달이 도시간의 수평적 교류를 가능하게 만들었기 때문에 혁신역량도 지역에서 지역으로 파급되고 있다. 그러기에 출판 영역에서도 다른 곳에서는 흉내를 내지 못하는 지역성이 강한 책이 글로벌 시장에서 더욱 돋보일 수 있다. 이는 지방분권이자, 문화분권의 핵심요소다. 법률은 물론, 조례를 통해 지역출판을 육성할 필요성이 절실하다.

7) 대구 출판, 지역 의제 설정 및 전국적 연대 기대

전국동시지방선거는 물론, 대통령선거와 국회의원선거 등을 계기로 지역의 의제가 설정돼야 한다. 특히 기록문화의 도시인 대구에서는 지역의 문화 정체성을 정립할 수 있다. 대구는 고려시대부터 조선시대를 거쳐 근대에 이르기까지 우리나라 기록문화에 큰 획을 긋고 있는 거점도시이기 때문이다. 특히 지방선거는 선출직 공직자들의 공약을 통해 잊혀진 대구의 정체성을 각인함으로써 시민들의 자긍심을 북돋우는 계기가 되기에 충분하다. 하지만 선출직은 고사하고, 대구시민이 이 같은 사실을 제대로 알지 못하는 것이 안타깝지만 현실이다.

대구가 기록문화의 도시란 역사적 사실은 이미 살펴봤다. 고려시대에는 거란족의 침입을 불력으로 막기 위해 제작된 초조대장경 경판이 팔공산 부인사에 봉안됐으며, 출판이 이뤄진 흔적이 발굴됐다. 2011년 초조대장경을 판각하기 시작한 지 1000년을 맞아 국내에서 찾아볼 수 없었던 초조대장경 완질을 일본에서 구해 동화사 성보박물관에 비치했다. 하지만 아직까지 초조대장경을 출간했던 경판 복원사업은 요원한 실정이다. 초조대장경 경판 복원사업이 선거철에 내세울 만한 대구의 의제가 될 만하다.

조선시대에는 임진왜란 이후인 1601년 대구에 경상감영이 설치되면서 판각됐던 영영장판은 안타깝게도 대구에 한 점도 남아 있지 않다. 서울대 규장각한국학연구원에 영영장판 18종 4천205점이 소장돼 있다는 사실도 2015년에서야 겨우 확인됐다. 대구의 소중한 기록문화유산이 그동안 서울에서 잠들어 있었던 것이다. 영영장판이 서울로 간 경위는 아직까지 확인되지 않고 있다. 2017년 경북대에서 영영장판을 소개하는 학술대회와 전시회가 진행되는 과정에서 영영장판을 빌려오는데 큰 어려움을 겪었다. 영영장판이 제 자리인 대구에 있어야 하는 이유이기도 한 대목이다. 대구시민이 중심이 된 영영장판 대구 환수운동도 대구의 정체성을 강화하기 위한 의제로 충분하다. 또한 경상감영 복원사업에 영영본을 간행했던 공간을 부활시키겠다는 의제도 내세울 만하다.

활판인쇄기의 메카로 부각됐던 대구를 증명하기 위해서는 2021년 전북 완주 삼례문화예술촌에서 부여로 자리를 옮긴 책공방의 대구 유치도 괜찮은 의제다. 기계식 활판인쇄기를 수집하고, 그 인쇄기로 책과 명함 등을 만드는 프로그램으로 유명한 책공방에는 대구산産임을 증명하는 철제 표식이 붙은 활판인쇄기가 상당수 소장돼 있다.

코로나19 사태가 확산된 상황을 기록한 대구지역 출판사의 역할을 감안할 때 전국적으로 지역출판사들의 연대가 요구된다. 특히 감염병을 비롯해 전국적으로 진행된 재난을 기록하는 일에는 지역출판의 역할은 중요하기 때문이다. 한국지역출판연대가 그 중심에서 역할을 수행하는 것이 바람직하다. 지역 단위 연대를 조직해 지역의 재난 기록에 대해 협의하고 역할을 분담하면 해당 지역의 재난을 제대로 기록할 수 있을 것이며, 각 지역 조직이 한국지역출판연대를 중심으로 힘을 모으면 전국적인 재난 상황을 가장 효과적으로 기록할 수 있을 것으로 보인다.

2021년 한국지역도서전이 개최될 강원도 춘천시에서 지역출판사, 서점, 집필자들이 참여한 춘천지역연대가 일찌감치 발족한 것은 좋은 움직임으로 평가된다. 도서출판 문화통신, 산책, 달아실 등이 참여하고 있는 춘천지역연대는 발기인 모임에서 열악한 출판문화를 살리기 위한 제도를 개선하고, 책 읽는 문화를 확산하는 데 주도적 역할을 맡기로 했다. 춘천지역연대는 수도권 중심의 출판문화를 지양하고 지역 출판생태계를 복원하기 위해 조직된 한국지역출판연대의 산하 조직으로 지역의 가치를 키우는 다양한 출판운동을 추진할 계획이다. 또 향후 출판, 집필, 유통 등 지역 기록에 참여하고 있는 시민들과 함께 조직을 확대해 나갈 방침이라고 한다.

2021년 춘천 한국지역도서전과 2022년 광주동구 한국지역도전에 참가한 지역출판인들은 행사장 곳곳에서 지역출판을 비롯해 지역문화와 지역의 미래에 대한 담론을 끝없이 이어갔다. 결론부터 말하자면 지역출판은 지역 콘텐츠를 발굴해 기록할 뿐만 아니라, 궁극적으로 지역문화와 지역을 살릴 수 있다는 것이었다. 지역출판인들이 우리나라의 심각한 현안인 수도권 집중화 문제를 해결하는 방안으로 지역주민의 시각에서 의제를 설정하고 확산하는 역할을 수행해야 한다는 주장이었다.

또한 문화의 다양성을 담보하기 위해서라도 지역의 가치를 공유해야 하며, 수도권과 비수도권으로 양극화된 우리 사회를 개선하는 기반이 돼야 한다는 각오도 나왔다. 지역분권 차원에서 지역출판이 제 자리를 잡아야 한다는 것이다. 한 참가자는 지역문화에 투입되는 정부 재정이 전체 예산의 1.6%에 불과한 이유는 지역문화인들이 제 목소리를 내지 못하기 때문이므로 대통령선거와 전국동시지방선거 출마자들에게 지역문화정책을 요구하자고 제안하기도 했다.

우리나라 출판시장은 서울과 파주에 집중되면서 다른 영역과 마찬가지로 수도권 집중화 문제에 그대로 노출돼 있다. 이 때문에 열악한 여건에서 지역을 화두로 삼는 지역출판인들의 노력은 문화독립운동이다. 이와 함께 지역 콘텐츠를 기록하고 다루는 지역의 저자, 지역출판사, 지역서점, 지역도서관, 지역언론은 궤를 같이하면서 지속가능한 기록생태계를 만들어야 한다. 그런 다음에 이를 선순환구조로 작동시켜야 한다. 그래야지만 자연스럽게 구조적인 지역출판의 어려움도 해소될 수 있으며, 입법절차를 거쳐 중앙정부나 지방자치단체의 공식적인 지역출판 진흥정책도 유도할 수 있을 것으로 기대된다. 이렇게 힘을 모을 때 지역이 살아나고, 지역균형발전의 밑거름을 만들어낼 수 있다고 믿는다.

기억 위에 짓는 새로운 집

– 이동하의 『장난감 도시』를 중심으로 살펴본 전후戰後 대구

천영애/ 시인

천영애

· 시인, 작가
· 경북대학교 철학대학원 예술철학 전공
· 대구문학상 수상 (2010년, 시 「빗살무늬토기」)
· 시집 : 『무간을 건너다』, 『나는 너무 늦게야 왔다』 외
· 산문집 : 『사물의 무늬』(아르코문학나눔), 『시간의 황야를
  찾아서』(대구시 우수콘텐츠)
· 다양한 매체에 미학 관련 집필 중

도시가 간직하고 있는 기억은 넓고 웅숭깊다. 도시민 누구라도 대를 이어 기억하고 있는 몇몇 영웅적인 인물의 서사는 널리 알려져서 떠돌아다니겠지만 그렇지 못한 사람들, 겨우 자기가 낳은 아이들이나 키우고 먹이고 골목 선술집에서 몇 잔의 술을 들이켜며 한 생을 보낸 사람들의 생애는 포석 아래 묻혀 버리기 일쑤다. 그들이 살았던 흔적은 애면글면하면서 그들의 가족을 통해 이어지다가 몇 대가 지나면 자연스럽게 잊혀 버리고 그들의 삶이 있었던 것조차 골목의 먼지처럼 의미가 없어진다.

그러나 생각해 보면 한 도시를 지탱하는 것은 사람들이 대를 이어 기억하는 몇몇 영웅적인 사람이 아니라 좁은 골목에 웅크리고 앉아 간신히 자기 가족이나 건사하며 살았던 사람들이다. 그들은 무엇보다 아이들을 낳고 키우며 도시를 이어갔고, 굶지 않기 위해 했던 일들이 한 도시를 지탱하는 경제사가 되었다. 역사가 늘 거시적으로 흘러가는 것처럼 보이지만 그 속에는 미시사가 촘촘히 엮여있는 것처럼, 사람의 기억도 거시적인 것이 도시를 지배하는 것 같지만 사실은 미시적인 것이 골목과 마을을 촘촘히 엮어가는 것이다.

전쟁이라는 것, 한 도시가 폐허가 되고 사람들의 생명도 폐허 속에 잠기는 전쟁은 그 미시적인 역사를 만들어가는 사람에게는 멸망과 죽음과 울음으로만 남는다. 많은 사람들이 죽을 것이고, 살아남은 사람은 자신의 한 생애를 그 죽음에 대한 기억으로 고통스러워할 것이고, 굶주림으로부터 살아남기 위한 처절한 개인사들이 몸에 아로새겨질 것이다.

대구는 특히, 6.25 전쟁에서 포탄이 날아들지는 않았지만 그 대신 포탄을 피해 도망친 사람들이 몰려들었던 곳이다. 살아남은 사람들은 역시 살아남아야 해서 대구는 골목골목마다 피난민들의 악다구니 강한 삶들이 펼쳐졌던 곳이고, 지금도 피난민촌이 있던 골목을 걸으면 낡고 퇴색되고 좁은 골목길에서 그 흔적들이 묻어나온다. 특히 기차를 타고 닿은 사람들이 자리를 잡았던 대구역을 중심으로 한 피난민촌은 지금도 얼마간은 좁은 골목과 좁은 집과 좁은 방으로 전쟁의 기억을 떠올리게 한다. 도시는 개발되고 기억은 덮이지만 그 기억은 여전히 말과 글로 전해지기도 한다. 그 기억을 작가 이동하는 소설 『장난감 도시』에서 이렇게 표현한다.

조그만 방 하나가 우리 가족이 차지한 공간의 전부였다. 바닥도 벽도 천정도 죄다 판자쪽으로 둘러친, 그것은 방이라기보다 흡사 커다란 나무궤짝 같은 느낌을 주었다. 그나마 세간살이들이 차지하고 남은 공간엔 도무지 네 식구가 발을 뻗고 누울 재간이 없었다. 나는 결국 윗목에 놓인 장롱 위에다 따로 요떼기를 깔고 이층잠을 자기로 했다.

대구는 전쟁 당시 피난민의 도시였다. 두 달 정도 임시수도 역할을 했던 대구는 전국에서 모여든 사람들로 모든 것이 파괴되는 전쟁의 와중에 오히려 번성했다. 서울에 살던 문화예술인들은 대구의 중심이었던 향촌동으로 모여들어 대구는 때아닌 문화 부흥기를 구가하게 되었다. 문총구국대 경북지부가 결성되었고, 『전선시첩』이 발간되면서 대구는 한국 문단의 중심이 되기 시작했다. 또한 고려대학교가 달성동 가교사로 내려왔는데 칸막이 2층 판잣집 교사에서 학생들이 수업하는 소리가 들려오기도 했다. 20세 이전에 《문장》으로 등단하여 조숙한 천재 시인으로 불렸던 조지훈은 여기에서 우리나라 최초의 시론이라 할 수 있는 『시의 원리』를 강의하였다고 전해진다. 이 책은 이후 나남출판사에서 '조지훈전집 2' 편에서 『시의 원리』라는 제목으로 출간된다.

강의가 끝나면 조지훈은 향촌동 막걸리집으로 갔는데 그곳에서 김종길과 마해송 등을 자주 만났다. '석류나무집'으로 불렸던 그 술집에는 그들뿐만 아니라 많은 문인 화가들이 진을 치고 있었다.

첫 작품집 후기에서 "전쟁터에 짓밟힌 내 젊음은 마치 숭숭

뚫린 허파와 같이 허탈하고 엉성한 청춘이었다"고 말하는 윤장근 또한 음악감상실 녹향과 향촌동 일대를 배회하면서 전쟁의 시간을 보내고 있었다. 그러나 1953년 휴전이 되면서 예술인들은 마치 썰물처럼 서울로 빠져 나가고 말았는데 마지막까지 자리를 지키고 있던 구상마저 떠나자 대구의 문인들은 '대구 문화의 샘'으로 불리던 녹향을 중심으로 모여들었다. 호남 갑부의 아들 박용찬이 서울에서 레코드를 싣고 와 만든 음악감상실 르네상스에는 최정희, 이중섭 등이 드나들면서 성황을 이루었지만 녹향을 따라갈 수는 없었다. 소설가 윤장근은 "대구에는 당시 향토 문단을 가꿀 수 있는 한 사람의 '신석정'도 없었지. 그러나 녹향 시대의 추억만은 아직도 내게 남아 있다. 천도복숭아와 아이와 게, 검은 가마귀, 음산한 설경 따위만 골라 그리던 신화 속의 인물인 이중섭이 굶주림과 향수병으로 거의 광인이 된 상태에서 서울로 올라간 후 대구에 달랑 남은 것은 최태응"이라고 했지만, 전쟁 중에도 적어도 대구는 녹향을 중심으로 문화 예술인들이 모여들어 전성기를 누린 것은 틀림없는 사실이다.

청록파 시인으로 알려진 박두진과 경주 출신의 박목월, 영양 출신의 조지훈, 이효상과 구상, 오상순, 마해송, 최정희, 양주동, 황순원, 정비석, 유치환, 박인환, 모윤숙 등 많은 문인들이 대구의 부촌이면서 번화가였던 향촌동을 드나들었다. 이에 따라 대구의 문인들도 함께 모여들었고 이중섭이 담뱃갑에 그림을 그린 은지화도 향촌동에서 그려졌다. 서울 전시회의 실패로 절망해 있던 이중섭을 대구로 불러 보살핀 사람은 시인 구상이었다. 전쟁 중이었지만 대구는 폐허의 도시가 아니라 문화 예술의 중심 도시가 되었다.

《문장》에 단편소설 「바보 용칠이」, 「봄」 등을 발표하며 한국 휴머니즘 문학의 기수로 알려진 최태응은 봉산동 소년원 근처에 있는 서정희의 집으로 피난을 왔다. 최태응의 등장은 대구의 작가와 작가 지망생들에게 하늘처럼 우러러 보이는 사람의 출현으로 받아들여졌는데, 그는 향촌동의 늘봄다방과 백록다방에서 하루를 보내다가 해가 지면 술집으로 자리를 옮겼다. 대구로 온 최태응은 〈매일신문〉에 장편소설 「낭만의 조각」을 연재하고 있었는데 그의 곁에는 윤장근, 이규헌, 임도순 등이 늘 자리를 지키고 있었다고 한다. 최태응은 끝내 이 소설의 연재를 끝내지 못했다.

당시 대구에서 여성 문인이라고는 서정희와 최선영, 이화진 뿐이었는데 특히 결핵을 앓다가 요절한 서정희 시인은 '향촌동의 색깔'로 불렸다. 많은 남자들이 서정희에게 접근했지만 그녀는 "나는 아무도 사랑할 수가 없었다"며 결국 젊은 나이에 생을 끝마치고 말았다.

대구가 고향이었던 신동집은 전쟁이 터지면서 대구로 돌아와 영남고등학교와 대구중학교 등에서 영어 교사로 근무했다. 향촌동에서 술을 마시고 귀가하다가 사고로 눈을 다친 그는 음악다방인 녹향이나 르네상스를 자주 다녔는데, 특히 녹향은 거의 매일 출근하다시피 했다고 전해진다.

특히 『바람난 빌딩』으로 알려진 극작가 김찬호는 평북 신의주에서 살다가 신의주반공학생의거 사건으로 대구로 왔고 이후 대구는 그에게 제2의 고향이 되었다. 전쟁 당시 지리산 지구 전투경찰로도 참전했던 그는 6.25 종군기장을 받기도 했는데 이후 6.25 전쟁 기념 KBS 전국 방송극 현상공모에 1등으로 당선하면서 드라마 작가로 알려지기 시작했다. 문인들만 향촌동에 드나든 것은 아니어서 수많은 예술가들이 향촌동의 술집과 다방에 드나들었다.

음악가 김동진과 나운영, 배우 신상옥과 최은희, 화가 김환기, 이중섭이 대표적인 인물들이다. 그중 이중섭은 그림 도구를 사지 못해서 백록다방에 앉아 은박지에 그림을 그렸다. 구상이 대구에 오면 화월여관에 늘 묵었다고 전해지고, 시인 전봉건은 르네상스 음악감상실에서 DJ를 하기도 했다. 양명문은 르네상스 음악감상실이 휴전과 함께 서울로 간 이후 전쟁 전부터 대구에 있었던 녹향 음악감상실에서 그 유명한 '명태'를 쓰고 여기에 변훈이 곡을 붙여 세대를 넘는 명곡으로 남게 되었다.

향촌동의 다방은 가난한 예술가들이 하루 종일 시간을 보낼 수 있는 휴식처이자 만남의 장소이기도 했다. 다방에서는 때로 전시회나 출판기념회 등이 열리기도 했는데 이중섭이 은박지에 그림을 그리던 백록다방, 당시로는 명물로 소문난 그랜드 피아노가 있었던 백조다방, 이효상 시인의 출판기념회가 열렸던 모나미다방, 이육사 시인의 시 〈청포도〉에서 이름을 따 다방 이름을 지은 청포도 다방, 청록파 시인 조지훈의 시집 『풀잎단장』의 출판기념회가 열렸던 향수다방, 음악가 권태호가 지나가던 행인들에게 통행세로 담배를 걷던 호수다방, 구상 시인의 시집 『초토의 시』 출판 기념회가 열렸던 꽃자리다방 등이 유명했다. 이 꽃자리다방은 오상순 시인의 단골 다방이기도 했다. 오상순은 자주 "반갑고 고맙고 기쁘다"라는 인사말을 건넸는데 구상 시인은 이 인사말에서 영감을 얻어 「꽃자리」라는 시를 쓰기도 했다.

반갑고 고맙고 기쁘다
앉은 자리가 꽃자리니라

네가 시방 가시방석처럼 여기는
너의 앉은 그 자리가
바로 꽃자리니라

앉은 자리가 꽃자리니라
앉은 자리가 꽃자리니라

네가 시방 가시 방석처럼 여기는
너의 그 자리가
바로 꽃자리니라

나는 내가 지은 감옥 속에 갇혀있다

너는 네가 만든 쇠사슬에 매여 있다

그는 그가 엮은 동아줄에 엮여 있다

우리는 저마다 스스로의

굴레에서 벗어났을 때

그제사 세상이 바로 보이고

삶의 보람과 기쁨을 맛본다

앉은 자리가 꽃자리니라

네가 시방 가시방석처럼 여기는

너의 앉은 그 자리가

바로 꽃자리니라

– 구상 「꽃자리」

　문화예술인이라면 또 술이 빠질 수는 없어서 향촌동의 다방
과 함께 몇몇 술집들은 그들의 단골집이 되었다. 녹향 2층에 있
던 곤도주점, 고바우집, 구상 시인이 단골로 드나들던 대지바가
있고 종로초등학교 옆에는 감나무집이 있었는데, 이 감나무집
에는 문총구국대의 본부가 있었다. 그래서 자연스럽게 박목월,
조지훈, 김광섭, 박두진, 구상, 정비석, 최태응, 최정희, 장덕조
등 종군 문인들이 많이 드나들었다. 또 포로수용소에 있던 김수
영 시인이 염색한 미군복과 군화 차림으로 나타나 마해송, 조지

훈 등과 우연히 만나 술을 마시기도 했던 동성로의 석류나무집도 예술인들이 많이 드나들었다.

또한 국립중앙극장이 대구의 키네마 구락부에 설치되어 운영되었는데 이곳은 젊은 시절 우리들이 많이 드나들었던 한일극장이다. 전쟁 중이라고 해서 그들의 예술혼조차 멈춘 것은 아니라서 그들은 이곳에서 〈원술랑〉, 〈자명고〉, 〈마의 태자〉 등의 창작극과 〈햄릿〉, 〈오델로〉 등의 번역극도 공연하였다. 그들은 대구에서 문인을 비롯한 예술가들과 어울려 함께 공연을 하거나 예술과 인생을 논하기도 하였다.

최정희는 첫 수필집 『사랑의 이력』 표지화로 김환기의 그림을 넣었는데 이 책에는 당시 예술가들이 대구에서 살던 모습이 그려져 있다.

초라한 얼굴들을 하고 있다가도 해가 질 무렵 해서 석류나무집이 아니면 감나무집에서, 나뭇잎이 뚝뚝 떨어지는 우물가에 가마니를 깔고 막걸리를 마시기 시작했다. 그럴 때면 온통 내 세상 같은 자신만만한 얼굴들을 하며 큰소리를 쳤다. (……) 대구에 와 있는 우리 작가들은 하나 버성기는 일 없이 모두 만나면 한 덩어리가 되었다. 혼자면 고단하고 고생스럽지만, 또 시장들 하다가도 한데 모이면 다 잊어버리고 즐겁기만 하였다.

그렇게 전쟁의 와중에 대구는 한데 모여서 고단하고 고생스러운 생을 이겨내는 문화 예술의 도시가 되어 있었다.

향촌동은 일제 강점기 때에 촌상정村上町이라 불렸다. 1946년부터 향기롭고 가장 많이 변화한 곳이라는 의미의 향촌동으로 불리게 되었는데 동네의 북쪽에는 태평로가 동서로 가로지르고, 그 위로 경부선이 있다. 동쪽으로는 중앙로가 남북 방향으로 지나가고 중앙로 북쪽 끝에 대구역사가 있다. 향촌동은 대구역이 들어서고 읍성이 헐리면서 대구의 새로운 중심으로 떠올랐다고 한다.

전쟁을 피해 낙동강을 건너 부산까지 내려간 사람들도 많았지만 당시 낙동강 전투가 치열했던 대구에 머물면서 전황을 지켜보던 문인들은 전쟁이라고 해서 창작활동을 그만둔 것은 아니었다. 오히려 생명의 위협을 느끼던 사람들은 더 치열한 창작활동을 했으며, 문인뿐 아니라 화가, 음악가, 무용가들이 대구로 몰려들면서 그들은 문화 예술의 전성기를 구가하고 있었다. 박두진은 향촌동에서 시집『오도』를 펴냈고, 박두진의 시와 변종하 화백의 그림으로 엮은 시화집『해』를 펴내기도 했다.

전쟁을 피해서 고향을 떠나거나 생계를 잇기 위해 고향을 떠난 사람들은 대구역 근방이나 비산동, 복현동, 칠성동, 신천 강변 등으로 흩어져서 피난지의 고단한 삶을 이어갔다. 대구는 어느 특정한 지역에만 피난민들이 몰려들었던 것이 아니라 대구 전역에 피난민촌이 세워졌다. 집이랄 것도 없이 그들은 아무 곳에나 천막집을 세웠고, 정부에서 간혹 수용소를 지어서 몰려드는 피난민들을 수용하기도 했다. 기차를 타거나 달구지를 끌고 대구에 도착한 사람들은 대구의 여기저기, 연고가 있는 곳으로 가거나 막연하게 피난민촌에 자리를 잡았다. 이동하의 소설『우울한 귀향』에서 어린아이였던 '윤'의 가족도 털털거리는 짐차를 타고 고작 두세 시간 만에 대구에 도착했다.

이동하의『장난감 도시』는 바로 대구라는 도시에 살았던 한 사람의 기억의 서사다. 1942년 일본 오사카에서 태어난 이동하는 해방과 더불어 향리인 경북 경산군 남천면 대명동으로 돌아온다. 초등학교 2학년 때 전쟁을 겪고 4학년 때 대구로 이사한 그는 서부초등학교 가교사에서 한 학기를 다니다가 중단하고, 이후 '천우성경구락부'라는 천막학교에서 초등학교 과정을 마치게 된다. 대성고등학교 야간부를 다니던 때 그들 가족이 이주했던 태평로 난민촌에서 어머니를 잃게 되는데, 이때의 체험은 『장난감 도시』에서 상세하게 묘사된다.

그들이 고향을 떠난 것은 삼촌 때문이었다.

어느날 밤 갑자기 일단의 사내들이 우리 집에 들이닥쳤던 것을. 그들을 안내해 온 사람은 놀랍게도 낯익은 순경이었다. 아버지와는 교분이 잦은, 면 소재지의 지서에 근무하는 순경이었다. 그런데 그가 뜻밖에도 낯설고, 난폭하고 살기등등한 일단의 사내들을 몰고 왔던 것이다. 그들이 아버지를 얼마나 거칠게 다루었던지 지금 생각해도 마음이 아프다. 밤중에 집안을 발칵 뒤집어 놓은 다음 그들은 빈손으로 돌아 갔다. 끝내 삼촌을 찾아내지 못했던 것이다.

'윤'은 시골 마을을 떠나 도회지로 이사를 간다는 것에 설렜 지만 광목 치맛자락의 한 귀로 몰래 눈물을 찍어내며 마을을 떠 났던 '윤'의 어머니 때문에 도회지 학교로 전학을 가게 된 설렘 을 표현할 수 없었다. 그러나 피난민촌의 너저분한 골목에 부려 놓은 가족의 세간살이는 '윤'이 도시에 막 이주해서 낯선 기분 에 목이 쉬었던 것처럼 이물스러웠다. "시골집 안방 윗목을 언 제나 차지하고 있던 옛날식 옷장, 사랑채 시렁 위에 올려 두던 낡은 고리짝, 나무로 만든 쌀 뒤주와 조롱박, 크고 작은 질그릇 등, 판잣집들이 촘촘히 들어서 있는 그 골목길 위에 아무렇게나 부려놓은 세간살이들은 왠지 이물스런 느낌을 주었다" 시골에 서 쓰던 옷장이나 고리짝, 쌀 뒤주, 조롱박, 질그릇 등은 도시의 피난민촌에서 그렇게 적당하게 쓰일 물건들은 아니었다. 그 물 건들은 여전히 시골에서나 쓰일 물건들이었다. 그 피난민촌에서 '윤'은 어머니를 잃었다.

대구로 이주하여 극심하게 굶주리는 와중에 아이를 임신한 어머니는 영 먹지를 못하다가 이웃집 김씨 부인이 가져온 짜장 면을 마지못해 몇 술 뜨는 시늉을 했다. 그때 '윤'은 공원에서 썩 은 사과를 먹던 여자를 떠올렸다. "입 안에 잔뜩 쓸어 넣은 음 식 때문에 목이 메었다. 물, 그래 어머니는 거의 물밖에 취한 게

거의 없었다. 그런데도 그 뱃속에 썩은 사과 같은 게 들어 있다니", '윤'은 어머니의 임신을 뱃속에 들어있는 썩은 사과처럼 느끼며 딸꾹질을 했다. 먹고 싶은 게 없냐는 누나의 물음에 '국물 없는 국수', 즉 짜장면이 먹고 싶다던 어머니는 결국 생애 마지막 음식으로 짜장면을 먹는다. 그 음식은 '윤'의 어머니가 이승에서 마지막으로 취할 수 있었던, 그나마 초라하지 않은 음식이었고 그 음식을 먹은 어머니는 그날 해가 떨어지기 전에 운명하셨다.

누나의 울음이 얼마나 질긴 것이었는가를 회상하면 지금도 목젖이 내려앉을 것만 같다. (……) 누나는 부끄러움도 잊은 채 어머니의 주검 위에서 발버둥을 쳤다. 내게는 아직도 당신의 운명이 실감되기 전이었다. 그 작은 누나의 몸뚱이 어느 구석에 그토록 질기고, 뜨겁고, 격렬한 울음이 숨겨져 있었는지 나로서는 도무지 헤아릴 수조차 없었다. 안쓰럽게 드러난 발끝에서부터 수세미처럼 엉망이 되어 버린 머리카락 한 올 한 올에 이르기까지 오열하지 않는 것이라곤 하나도 없었다. 몇 차례나 그녀는 혼절했고, 깨어나서는 다시 발버둥쳤다. 마침내 김씨 부인이 누나의 뺨을 후려치며 밖으로 끌어내지 않았던들 이웃들은 또 하나의 작은 주검을 보게 되었을지도 모를 일이었다.

서울로 올라간 이동하는 다시 마포구 도화동 산1번지, 대구의 난민촌과 다를 바 없는 바라크촌에서 아동만화를 그리며 소설

습작을 하다가 서라벌 예대 문예창작과에 입학하게 된다. 그 이 듬해 단편 「전쟁과 다람쥐」로 〈서울신문〉 신춘문예에 당선하면서 소설가가 되었다. 1967년 《현대문학》 제1회 장편소설 공모에 장편소설 「우울한 귀향」이 당선되었고 이후 1978년에 첫 작품집으로 『우울한 귀향』을 발간하게 된다. 한국일보사 제정 제13회 '한국창작문학상'에 「굶주린 혼」이 선정되었고, 이후 중편 「유다의 시간」을 발표하게 되는데 이 「굶주린 혼」과 「유다의 시간」은 이후 연작 중편집 『장난감 도시』라는 제목으로 간행된다. 그러니까 『장난감 도시』는 이 세 편의 중편소설들을 모아서 연작으로 낸 작품인데 이는 제1회 '한국문학평론가협회상'을 수상하였다.

도서출판학이사에서 진행하는 '대구의 인문, 담장을 넘다'에서 소설 『장난감 도시』를 배경으로 대구의 전쟁문학을 되돌아보는 강의에는 많은 사람들이 몰려들었다. 이동하는 대구의 걸출한 소설가이지만 정작 대구에서는 알려지지 않은 작가이기도 했다. 몇 년 전부터 이동하 소설의 흔적을 찾아 경산 남천면의 폐역인 삼성역을 중심으로 하나하나 짚어가던 작업은 그의 연작소설 『장난감 도시』에 오래 머물렀다. 이 소설은 어느 소설보다 전후 대구의 모습을 사실적으로 보여 주고 있지만 지금까지 이 소설에 관심을 가진 대구 사람은 드물었다. 전후 문학의 관심은 늘 향촌동을 배경으로 한 중심부에 머물렀다. 전쟁 때 향촌동은 문화예술인들이 모여들어 때 아닌 전성기를 누렸지만 그들과는 생존 방식이 다른 보통 사람들은 대구 여기저기에 난민촌을 꾸렸고, 그곳에서의 생활은 사는 것 아니면 죽는 것으로 치열했다. 우선 외지에서 가장 닿기 좋은 대구역을 중심으로 한 태평로와 중앙로 쪽은 난민들로 넘쳐났고, 다시 그 난민들은 칠성동과 복현동, 심지어는 신천 강변으로도 몰렸다. 그들에게 문화 예술은 먼 나라의 일이었고, 그런 것이 있는 줄도 모르는 사람이 거의 대부분이었다. 하루하루 생존의 문제로 몰렸던 사람들은 '윤'의 아버지처럼 불량 음료수를 팔거나, '윤'의 누나처럼 민며느리로 들어가거나 노동을 하면서 가난한 입을 메꾸고 있었다. 그런 와중에 어떤 사람은 죽고 또 어떤 사람은 살아남았다.

1951년 봄, 미군이 서울에서 북쪽으로 24km 떨어진 의정부의 한 마을을 순찰하다가 어두운 방 한 구석에서 겁에 질린 아이가 떨고 있는 것을 보았다. 아이의 옆에는 죽은 지 며칠이 지나 벌레가 들끓고 있는 엄마의 시신이 있었다. 고아원에 맡겨진 아이는 울지도 않고 다른 아이들과 어울리지도 않으면서 늘 허공을 바라보고 있었다. 라이프 매거진의 마이크 루지에(Mike Rougier)라는 기자는 '웃지 않는 아이(The little boy who wouldn't smile)'라는 제목으로 아이의 사진을 실었다. 실제로 사진을 보면 눈빛이 공허한 작은 아이를 볼 수 있는데 이 아이는 늘 혼자서 외따로 놀고 있었다. 그 고아원에서 가장 어렸던 아이의 정신건강을 회복하기 위해서는 좋은 시설로 옮기는 것이 좋겠다고 생각하여 아이는 대구의 고아원으로 옮겨졌다. 보모들은 아이에게 세상에서 제일 하고 싶은 일이 무엇이냐고 물어보았는데 아이는 "지푸를 타고 싶어요"라고 말했다. 이후 아이는 웃음을 되찾았고 1년 후, 링컨 저널 스타(Lincoln Journal Star)지의 맥스 헤일(Max Hale) 기자는 '웃음을 멈추지 않는 소년(The boy who couldn't stop smiling)'이라는 제목으로 아이의 사진을 실었다.

아이에게 전쟁이란 그런 것이다. 미군에게 발견된 그 아이는 전쟁의 한가운데서 엄마를 잃었고, '윤'은 전후 난민촌에서 엄마를 잃었다. "10년 이상 한솥밥을 먹은 사람이 어느날 갑자기 결별을 선언할지 모른다. 그것을 보장할 수는 없다. 한 생애를 투자하여 쌓아 올린 작업이 마지막 순간에 무너질지도 모른다. 이것 또한 도리 없다. 당하면 당하는 것으로써 나의 삶은 끝났다"라고 작가 이동하는 말한다. 난민촌의 사람들은 죽음을 통한 사람의 이별을 도리없이 받아들여야 했을 것이다. 전쟁에서 한 사람의 죽음이 가치를 가지기엔 생명은 너무 가벼웠고 무가치했다. 그러나 당하면 당하는 것으로 자신의 삶은 끝났다고 말하지만 어린 '윤'이 겪어야 하는 상처는 처참한 것이었다.

정작 어머니의 죽음을 내가 실감한 것은 궤짝 같은 우리 방으로 돌아와서였다. 맨 먼저 내 눈에 띈 것은 오랫동안 어머니가 누워 계시던 그 아랫목이었다. 그리고 당신의 머리맡에 항시 놓여 있던 그 물 대접이었다. 아무것도 거기엔 없었다. 당신도 물 대접도 보이지 않았다. 불시에 살을 맞은 것처럼 나는 가슴을 후벼파고 날아드는 통증을 느꼈다. 그것은 무슨 말로도 형용할 수 없는, 내 어머니의 부재감이었다.

벽에다 등을 기대고 나는 조그맣게 웅크리고 앉았다. 끓어오르는 울음을 더 이상 참을 길이 없었다. 끌어안은 두 무릎 위에다 나는 얼굴을 묻었다. 그러나 눈물은 흘리지 않았다. 이제야말로 벙어리가 어떻게 우는가를 나는 알 것만 같았다.

어디 '윤'뿐이었겠는가. 의정부의 썩어가는 엄마의 시신 곁에서 발견된 그 아이도 웃음을 잃어버렸다. 많은 고아들이 웃음을 잃어버린 채 벙어리처럼 울어야 했던 것이 전쟁이었다.

80년대 들어서도 『장난감 도시』를 비롯하여 단편 「잠든 도시와 산하」 등 꾸준하게 작품을 발표하던 이동하는 "생업에는 도무지 어울리지 않는 손이다. 작고 허약하고 엉성하다. 그런 손으로 해낼 수 있는 일이 있을 것 같지 않다. 나약하기 때문에 노동은 힘겹다. 재빠르지 못하므로 주판알을 튕길 수도 없다. (……) 이 엉성한 손으로 어떻게 밥을 빌어먹을 수 있을까? 내 스스로 들여다봐도 문득문득 신통한 생각이 들곤 한다. 그것이 가능하다면 그건 확실히 요행수다"라고 스스로를 진단한다. "언제나 부끄럽고 무력했던" 손을 통해 그가 쓴 작품은 치열한 시대를 건너온 자전적 소설이 주를 이뤘다. 그러니까 『장난감 도시』 또한 그의 자전적 소설로서 그가 살아남기 위해서 치열하고 또 치열했던 어릴 적의 사진 같은 것일지도 모른다. 그 사진 속에서 그는 어머니를 잃었고 어머니의 상실은 그에게 세계의 상실이었다.

『장난감 도시』는 대구 옆 도시인 경산을 무대로 한 이동하의 소설 『우울한 귀향』의 후속편이다. 이동하는 경산 남산면에서 자라다가 초등학교 2학년 때 고향을 떠난 아버지를 따라 대구로 들어온다. 전쟁이 발발하고 7월 16일 정부가 대구로 이전하면서 다시 부산으로 이전할 때까지 약 30만 명의 피난민들이 대구로 몰려 들었다. 어린 아이들이 공부를 해야 할 학교는 군 기관에 전용되었고, 1954년에 계성고등학교에서 2군사령부가 창설되었다. 지금 서문시장 옆의 계성학교 교정에는 그곳에서 2군사령부가 창설 되었다는 것을 밝혀두기 위한 '2군 창설지' 비석이 세워져 있지만, 대구는 전쟁터가 아닌 전쟁의 수용소 역할을 했다. 대구역 앞 태평로 피난민촌에 박격포가 세 발 떨어진 적이 있었는데, 이 일로 정부는 다시 부산으로 내려갔고 시민들에게도 소개령이 내려졌다가 곧 취소되는 해프닝이 있었다. 그러므로 대구는 전쟁을 피해 고향을 떠난 사람들이 머무는 도시였고, 특히 태평로 일대를 비롯한 대구역 앞 중앙로 일대는 난민들로 발 디딜 곳이 없을 정도였다. 이곳에 '윤'의 가족이 이사를 왔다.

경산에서의 삶은 대구역 앞의 피난민촌인 판잣집에서 살아야 했던 대구에서의 생활보다는 풍요로웠고 안온했다. 대구는 허울만 좋은 대도시였지 이방인에겐 그리 쉽게 자리를 내주는 도시가 아니었다. 그러나 그 경산에서의 삶조차도 전쟁이라는 인류 학살의 사건 앞에서 마냥 안온할 수만은 없었다.

한번은 오밤중에 눈이 뜨였다. (……) 낯선 사람들이 둘, 아버지와 마주 앉아 있었기 때문이다. (……) 방바닥엔 문종이로 철한 두툼한 책이 하나 펼쳐져 있었고, 거기 많은 사람들의 이름이 붓글씨로 적혀 있었다. 그리고 그 이름들 밑에는 도장, 혹은 지장들이 붉게 찍혀 있다. 그것이 피처럼 섬뜩한 느낌을 주었다. 아마도 그 낯선 사람들은 아버지도 거기다 이름을 올리라고 하는 모양이었다.

— 이동하 『우울한 귀향』에서

이른바 보도연맹 사건이었다. '윤'의 기억에 의하면 마을 사람들은 저녁마다 그런 일을 당했고, 몇몇 사람들은 무엇 때문에 도장을 찍고 지장을 찍어야 하는지도 모르면서 단지 그들이 무서워 책에다 이름을 올리고 도장을 찍었다. 전쟁이 터지면서 그 책에다 이름을 올린 사람들은 지서 뒤의 산기슭에 임시로 판 토굴 속에 갇혀 있다가 다른 곳에서 붙잡혀 온 사람들과 함께 어디론가 실려 갔다.

후에 그 많은 사람들은 말짱 죽음을 당했다고 한다. 마을에서 남쪽으로 사오십 리 떨어진 깊은 산골짜기에 폐광이 하나 있었는데 그곳이 그들의 공동묘지가 되었다는 것이다.

— 이동하 『우울한 귀향』에서

경산의 보도연맹 희생자들은 이른바 일제 강점기 코발트 광산이 있던 곳으로 끌려가 매장을 당했는데 따로 무덤을 파지 않아도 되었다. 코발트 광산은 수직굴 2개와 수평굴 2개가 있는데 거기가 좁아서 더 이상 사람들을 매장하지 못하자 근처 산에서 죽인 후 흙만 얇게 덮어 놓았다. 약 3,500여 구의 시신이 매장된 코발트 광산은 '윤'의 마을인 남천면 대명리 뒷산을 넘으면 있었다. 『우울한 귀향』이 처음 발표된 해가 1967년이었으니 경산 코발트 광산에서의 학살은 당시의 경산 지역 대부분의 사람들이 이미 알고 있었다.

코발트 광산은 일제가 태평양 전쟁에 필요한 무기를 만들기 위해 개발한 광산으로 식민지 수탈의 직접적인 현장이다. 1937년 춘길광업소로 문을 열어 1944년 보국코발트광업회사로 변경하여 일본군수회사로 지정되었다. 당시 근처 주민들은 들미광산으로 불렀는데 채광이 활발하게 이루어질 때 탄광 아래 마을인 평산동에는 광산촌이 형성되었고, 좀 더 아랫마을인 점촌동에는 관사가 들어섰다. 이곳에서 채굴한 코발트는 상방동 선광장에서 선별하여 경산역을 통해 일본으로 옮겨졌다.

그 산발치에서 경부선 부설 공사가 벌어졌다고들 한다. 철마의 길―그것은 참으로 거대한 공사였다. 이 민족이 일찍이 보지 못했던 일대 거사였다. 그것이 마침내 완성되었을 때, 한양 길은 몇십 배로 단축되었지만 그보다도 잃어버린 것이 더 많음을 사람들은 오랜 후에야 비로소 알게 되었다.

그 공사가 있는 동안 – 저 앞, 산 밑을 뚫어 십릿굴을 만들고, 산발치를 깎아 둑을 쌓고, 마을 뒤 개울에 철교를 놓고 하는 동안 마을은 온통 그 일에 휘말려 들었다.

– 이동하 『우울한 귀향』에서

그렇게 건설한 철길을 통해 젊은이들을 실은 기차는 북으로 올라가고 부상병들을 실은 기차는 남으로 내려왔다. "북으로 올라가는 기차에서는 우렁찬 군가가 흘러 나왔고, 남으로 내려가는 차에선 조용한 침묵 속에 흰 붕대들만 어른어른 내비쳤다"고 이동하는 소설에서 증언한다.

소설 속 '윤'의 삼촌 또한 그 철길을 통해 6.25가 나기 전에 군대에 갔다. 그리고 어느날 기찻길 근처에서 농사를 짓던 농부가 기차가 지나갈 때 누군가 자꾸만 윤의 이름을 부르는 것만 같아 기차 쪽으로 다가가 보니 흰 종이 하나가 기차에서 펄럭이며 날아왔다. 윤의 삼촌이 군대에서 다쳐 후방의 병원으로 간다는 편지였다. 그리고 한참 후 같은 방식으로 또 한 장의 편지가 날아왔는데 이번에는 윤의 삼촌이 아픈 몸이 완치되어 다시 전방으로 간다는 편지였다. 이후 윤은 기차 소리만 나면 삼촌이 편지를 날려 보낼까 싶어서 기찻길만 쳐다 보았지만 그 이후 삼촌은 더 이상 편지를 보내지 않고 무사히 제대를 하고 왔다. 그리고 6.25가 터져서 삼촌은 다시 군대에 가야 했다. 일본군이 산 밑을 뚫고 십릿굴을 만들고 둑을 쌓아 만든 철도는 우리나라의 물자를 일본으로 실어 보내는 데 요긴하게 사용되었다. 일본은 그런 용도로 철도를 개설한 것이었다.

해방이 되면서 일본군이 철수하고 코발트 광산도 문을 닫았지만 곧이어 벌어진 전쟁으로 광산은 군과 경찰에 의한 민간인 학살의 현장이 되었다. 1950년 7월 20일부터 9월 20일까지 약 두 달간 갱내의 수직굴과 수평굴에서 학살이 이루어졌고, 근처 대원골에서도 학살이 일어났다. 갱도 위쪽에는 지금 인터불고 CC가 들어서 있는데 이로써 대원골의 학살 현장은 골프장의 잔디 아래 영원히 묻혀 버렸다.

갱 속으로 들어가지 못하고 인근 산인 대원골에서 학살된 시신은 제대로 묻지도 않고 흙으로 대충 덮어 버렸는데 그런 시신은 시간이 지나면서 비가 오면 하얗게 유골이 드러나곤 했다. 코발트 광산 아랫마을 아이들은 전쟁이 끝난 후 산에서 유골 맞추기 놀이를 하면서 놀았다고 한다. 이곳 학살의 피해자들은 대부분 대구형무소와 부산형무소의 재소자들이었다. 그들 대부분은 좌익과는 무관한 단순부역자나 농민들이었다. 그들은 이동하의 소설에서처럼 강요에 못 이겨 서류에 도장을 찍었거나 심지어는 강제 할당된 인원을 채우기 위해 관에서 고무신을 나눠 주면서 거기에 이름을 적었던 사람들이었다. 젊은 사람들에게는 공부를 가르쳐 준다면서 이름을 적으라고도 했는데 그렇게 이름이 적힌 사람들은 전쟁이 일어나자 적에게 협조할 우려가 있다고 하면서 모두 학살한 것이다. 국민보도연맹은 좌익의 교화 및 전향을 목적으로 조직된 단체인데 그 전향의 대상 인원을 무리하게 맞추다 보니 억울한 농민들의 희생이 많았다. 무엇보다 전쟁의 와중에 어쩔 수 없이 부역을 했던 단순부역자들도 많았다.

코발트 광산으로 끌려간 사람들은 7~8명씩 손발이 묶인 채 수직갱도 앞에 세워놓고 총을 쏘았는데 죽거나 부상을 입은 사람들이 수직갱도 쪽으로 넘어지면 묶여 있던 다른 사람들도 함께 갱 안으로 떨어졌다. 그러고도 살아남은 사람들을 우려해서 그들은 갱 안으로 총을 쏘거나 기름을 뿌려 불을 지르기도 했다. 코발트 광산 발굴 과정에서 갱 안에서 76mm 폭탄까지 발견된 것을 보면 총뿐 아니라 폭탄도 사용된 것으로 보인다. 이런 끔찍한 생지옥 속에서도 살아남은 사람이 세 명 있었는데 후에 한 사람은 숨어 있다가 굶어 죽고, 또 다른 사람은 다시 발견되어 총살을 당하고, 다행히 한 사람이 살아남아 점촌 옹기굴에서 목숨을 이어가고 있다가 그의 증언으로 학살의 참상이 알려지게 되었다.

경산 코발트 광산의 참상이 세상에 알려진 것은 1960년 5월이었다. 사건이 발생한 지 10년이 지나 유족회가 결성되었지만 반국가단체로 규정되어 강제해산을 당했고, 유족회 간부들은 반국가단체를 결성한 죄로 실형을 선고받아야 했다. 그때 세워진 위령탑은 쇠망치로 부수어 버렸다. 그로부터 다시 40년이 지나 2005년 특별법이 제정되었고, 진실화해위원회가 설치되면서 2006년 4월 25일 드디어 정부 주도로 유해 발굴이 시작되었다.

약 3년간 수많은 유해가 쏟아졌고 진실화해위원회는 경산코발트광산 학살이 군경에 의한 민간인 학살이라고 판정했다. 그러나 현재 아직 채 발굴되지 못한 유골을 그대로 둔 채 유해 발굴은 중지된 채로 있다.

진실화해위원회는 "경산 코발트광산 등지에서 발생한 민간인 희생 사건은 국민의 생명과 재산 보호라는 일차적 의무를 수행해야 하는 군과 경찰이 관할 지역의 국민보도연맹 등 예비 검속자들과 대구형무소에 미결 또는 기결 상태로 수감 되어 있던 사람들을 불법 사살한 민간인 집단 학살 사건이다. 비록 전시였다고 하더라도 범죄사실이 확인되지 않은 민간인들을 예비 검속하여 사살한 것은 명백한 불법행위이다"라고 하였다. 이에 따라 국가는 배·보상에 들어감으로써 불법행위를 인정하고 희생자 및 유족들의 명예를 회복할 수 있게 되었다.

전쟁은 '윤'이 경산에 살 때 이미 시작되었다. 마을 사람들을 폐광에 묻었던 전쟁은 피난민들의 행렬로 '윤'에게 다가왔다. "이른 아침에 동구로 나가보면 이슬로 축축하게 젖은 강변에 난민들이 하얗게 깔려 있었다. 그들은 나뭇가지를 주워다가 냄비밥을 끓이고, 마을에서 날된장을 얻어다가 비벼 먹었다" 어느 날 문득 마을에 나타나기 시작하던 피난민들은 어느새 강변을 하얗게 덮었고, 마을 사람들은 그들에게 음식을 나눠 주었다. 가까운 영천에서 포 터지는 소리가 쿵쿵 들려왔고, 그 아득한 소리에서 '윤'을 비롯한 아이들은 공포를 속으로 나누어야 했다.

다행히 저녁마다 찾아오던 사람들의 강요에도 불구하고 '윤'의 아버지는 책에 이름을 올리거나 도장을 찍지 않았다. 그러나 다른 이유로 그들 가족은 경산을 떠나야 했다. 누나가 있고, 건강했던 어머니가 있었고, 가족을 위해 부지런하고 순했던 아버지가 있었던 경산에서의 삶은 그것으로 끝이 났다. 피난민들이 오면 음식을 나눠주던 '윤'의 가족은 그 마을을 떠나 대도시로 이주했다.

산그늘에 묻힌 두 대의 신호기 중 하나가 빨간 불을 달고 있었다. 그것이 서서히 다가오더니 이윽고 멎었다. 차가 정거한 것이다. 조금 후에 그 빨간 불은 꺼져 버리고 대신 파란 불이 켜졌다. (……) 멀리서 기적 소리가 둔하게 울려왔다. 그것은 곧 메아리가 되어 일순 머리 위 허공을 가득 채우고는 긴 여운을 남기면서 골짜기로 사라져 갔다. 산그늘에 붇혀들었던 예의 차가 산모퉁이를 돌아가는 것이 보였다.

— 이동하 『우울한 귀향』에서

"저 산발치로, 애야, 저 산발치로 불을 입에 문 철마가 달려오는구나"(『우울한 귀향』)라고 예언하듯이 마을의 진사 어른이 숨을 거두면서 입술을 푸들푸들 떨면서 말했던 불을 입에 문 철마는 작가 이동하의 고향인 경산시 남천면 대명리에 있는 삼성역으로 가는 철길이었다. 이 철길은 삼성역에 닿은 후 터널을 지나 청도를 거쳐 부산으로 내려간다. 2004년 7월 15일로 삼성역은 제 역할을 다하고 폐역이 되었지만 '윤'의 삼촌이 그곳에서 기차를 타고 전선으로 올라갔고, 전쟁에서 부상을 당해 후방으로 내려가면서 기차 안에서 윤의 이름을 부르며 편지를 던졌던 그 기찻길을 떠나 '윤'의 가족은 털털거리는 짐차를 타고 대구로 왔다. 그리고 다른 사람들이 그러하듯 그들 가족도 대구역에서 가까운 태평로 난민촌에 자리를 잡았다. 이로써 그들은 전쟁 난민이 되었다.

전쟁이 일어났지만 낙동강 전선이 치열했던 곳에서 멀리 있었던 사람들에게 전쟁은 그리 실감나는 일이 아니었다.

북쪽이었다. 가물가물 멀어져 간 산줄기 너머에서 무엇인가 번쩍 빛나는 것이 있었다. 번개 같았다. 그리고 지금 우루루루─ 은은하게 산줄기가 울려오는 것이다. 우루루─우루루─ 벼락이라도 떨어진 것일까. (……) 북쪽 산줄기를 타고 울려오던 우렛소리 같은 산울림 소리도 차츰 남쪽으로 멀어져 갔다. 그러나 세상이 어떻게 되었는지, 이 산마을에는 간간 소문만 들려올 뿐 아무런 변화도 일어나지 않았다.

─ 하근찬 「산울림」에서

대구 가까이 있는 영천에서의 전투가 치열했지만 영천의 산중에 사는 사람들에게 전쟁은 아직 소문으로만 들려왔다. 그러나 마을에서 직접적인 전투는 없었지만 마을 사람들은 간접적인 전쟁을 겪고 있었다. 하근찬의 「산중고발」에서처럼 화투 육백을 치다가 잡혀가 죽은 사람도 있었고, 「나룻배 이야기」에서처럼 지뢰를 밟아 눈이 하나밖에 없고 코는 대추같이 녹아 붙었고 귀도 한 개는 고사리처럼 말려든 것도 모자라 팔까지 하나 잘리고도 살아남은 사람도 있었다. 「흰 종이 수염」에서는 전사통지서를 배달하는 우편배달부가 오열하는 사람들을 보다 못해 육군본부에서 온 편지를 모조리 강물에 띄워 보내는 그런 장면도 있다. 어떤 사람은 자식을 군대에 보내지 않기 위해 면장이나 경찰서장을 구워 삶기도 하고 (「분」), 전쟁 때문에 미군을 따라갔다가 튀기를 낳은 자식도 있는 (「왕릉과 주둔군」) 등 전쟁은 저마다의 방식과 운명으로 다가왔다.

전쟁 후 미군으로부터 구호물자를 받는 풍경을 그린 하근찬의 소설 「낙도」는 차라리 슬프다. 외딴 섬에 사는 아이가 구호물자로 받은 납작한 서양모자를 쓰고 양복 윗도리와 양복바지를 입은 모습은 우습지가 않고 눈물겨운 장면이다. 사람들은 "저 녀석 꼭 구호물자 같구만"이라고 탄식했는데 그것은 그때 우리나라가 처한 상황을 그대로 보여 주는 장면이다.

하근찬의 아버지는 한국전쟁 중 죄도 없이 반동으로 끌려가 총살당했고 본인도 국민방위군에 끌려가 고초를 겪다가 의병제대한 것으로 알려져 있다. 하근찬의 고향인 영천에서 벌어졌던 영천전투는 6.25 전쟁이 일어난 후 국군이 거둔 첫 승리의 전투이다. 1950년 9월 4일부터 13일까지 약 열흘간 치열한 공방전

끝에 대승을 거둬 낙동강 방어선이 붕괴되는 것을 막고 국군과 UN연합군에게 반격의 교두보를 마련해 준 전투였다. 북한군은 대구와 경주로 진출하기 위해 의성을 거쳐 영천으로 들어왔는데 영천 지역은 대구와 경주의 중간에 위치한 교통의 중심지였다. 국군은 여기서의 승리로 낙동강 동부의 방어선을 지키는데 성공하게 되었다.

영천 보현산 일대와 신녕에서 벌어진 전투를 승리로 끌고 감으로써 영천 아래 지역에 있는 대구, 경산, 경주, 포항은 전쟁의 직접적인 현장이 되지 않을 수 있었다. 그러나 낙동강 전선의 방어에 성공함으로써 전국의 피난민들은 낙동강 아래 지역으로 몰려들었다. 피난민뿐만 아니라 전 지역에서는 좌우의 이념 대립이 심각했고, 그 때문에 많은 사람들이 죽어 나갔다. 전 국토가 전쟁의 아비규환 속에 있었던 셈이다.

하근찬의 소설은 직접적인 전투보다 간접적인 전쟁을 겪고 있는 시골 사람들의 일을 쓰고 있는데, 그는 한국전쟁에 대해서 "그것은 사람이 만든 지옥이었다. 열아홉 살이던 나는 그때 이데올로기에 대해서, 전쟁에 대해서, 인간에 대해서 끝없는 절망을 느꼈다"고 말한다.

아버지의 총살과 자신의 국민방위군 경험으로 그는 누구보다 전쟁의 고통을 겪은 사람들의 마음을 잘 알고 있었다. 그래서 그는 "우리가 겪은 전쟁을 증언하는 것이 문학적 사명"이라고까지 말한다. 문학은 그러한 역사를 외면하는 것이 아니라 어떤 방식으로든 증언해야 하며, 그것이 진정한 문학의 사명이라고 본 것이다.

그의 이런 생각은 「삼각의 집」에서도 잘 드러난다. "나는 단순한 미적 감각만을 앞세우고 찍은 사진은 별로 높이 사지 않는다. 물론 미의식이 결여 되어서는 작품이 되질 않지만 그것과 함께 현실을 보는 눈이랄지, 인생과 역사를 생각하는 마음 같은 것이 잘 작용해 있지 않으면 깊은 맛이 우러나질 않는 것이다"라고 서술하고 있다.

전쟁의 가해자임에도 불구하고 피해자의 모습으로 그려서 많은 비판을 받은 영화 〈아버지의 깃발〉과 함께 태평양 전쟁을 두 개의 시선으로 바라보아 관심을 끈 영화 〈이오지마에서 온 편지〉에는 가족을 전쟁터로 보내야 하는 참혹한 상황이 드러나 있다. 누가 가해자이든 누가 피해자이든 일반 국민들은 그런 이념과는 멀리 떨어져 있어서 어찌 보면 모두가 전쟁의 피해자라고도 할 수 있다. 태평양 전쟁을 일으킨 일본도 정작 국민들을 전쟁터로 보내고, 남은 국민들은 전사통지서를 받거나 불구가 되어 돌아온 가족을 보면서 고통에 몸서리친다. 전쟁의 참상이 다른 국가라고 해서 국민들에게 다르게 닥치겠는가. 무엇보다 국민들은 전쟁의 이념에 개입하고 싶어 하지 않는다. 그들은 다만 자신의 터전에서 가족을 건사하고 하루하루를 무사히 보내기만 바랄 뿐이다.

그래서 하근찬은 소설 「산울림」에서, 총을 든 두 사람이 마을의 노인에게 "이 마을에는 빨갱이 없소?"라고 묻자 노인은 헛헛 허…… 걸걸한 목소리로 웃으며 대답했다. "우린 밭이나 뛰져 묵고 사는 사람들이오. 빨갱이가 뭔지 노랭이가 뭔지 그런 건 우린 알지도 못하누마" 한마디로 빨갱이, 노랭이라는 이념 놀음 이 전쟁으로 이어지는 것을 보면서 '밭이나 뛰져 묵고 사는 사 람'인 자신에게 그게 다 무슨 말이냐고, 자기들은 그런 말의 의 미조차 알지 못한다고 총 앞에서 항변하는 것이다.

소설 「붉은 언덕」에는 수업 시간의 과제로 받은 암석과 광물 을 수집하여 표본을 만드는 일을 맡게 된 윤길이와 인수가 캐라 는 암석과 광물을 마다하고 금을 캐기 위해 산으로 가서 해골바 가지를 캐게 된다. 이번엔 윤이까지 합세하여 기필코 금을 캐겠 다고 다시 산으로 갔다가 윤이 볼일을 보기 위해 쪼그리고 앉았 을때 쾅!하는 소리와 함께 나가떨어지고 말았다. 다시 일어선 윤이는 함께 간 아이들을 찾아 진달래 꽃 덤불을 헤치다가 그 자리에 우뚝 서고 말았다.

윤길이와 인수는 간 곳이 없고, 사람의 대가리와 몸뚱이와 팔다리 가 뒹굴고 있는 것이었다. 진달래 꽃빛보다 훨씬 붉은 빛깔에 젖어 아 직도 꿈틀거리고 있는 것이었다. 그리고 고무신도 멀리 날아가 있고, 괭이와 삽도 부러져서 흩어져 있었다.

진달래가 붉은 언덕에서 아이들이 수류탄을 가지고 놀다가 일어난 폭발 사고였다. 직접적인 전쟁을 겪지 않았던 지역의 사람들도 이런 방식으로 각자의 전쟁을 겪고 있었다. 전쟁을 하기에 우리나라는 좁은 국토였다. 전선은 형성되어 있었지만 전쟁으로부터 자유로운 지역은 어디에도 없었다.

『장난감 도시』에서 '윤'의 가족을 비롯해 이런저런 이유로 고향을 떠나온 사람들은 역에서 가까운 동네에 자리를 잡았다. 그 동네는 "촘촘히 들어앉은 판잣집들, 깡통조각과 루핑이 덮인 나지막한 지붕들, 이마를 비비대며 길 쪽으로 늘어서 있는 추녀들, 좁고 어둡고 질척한 그 많은 골목들, 타고 남은 코크스 덩어리와 검은 탄가루가 낭자하게 흩어져 있는 길바닥들, 온갖 말씨와 형형색색의 입성을 어지러이 드러내고 있는 주민들, 얼굴도 손도 발도 죄다 까맣게 탄 아이들"이 있는 동네였다. 지금도 대구역 주변의 골목길을 다녀보면 마주하게 되는 좁은 골목길과 얼굴에 대일 듯이 낮은 처마들, 타고 난 연탄재가 여기저기 흩어져 있는 모습들을 보게 된다. 다행히 보도블록이 깔린 골목은 더 이상 질척거리지 않지만 그때 만들어졌던 동네의 형태는 지금도 남아 우리의 기억을 소환한다.

가끔 그 골목을 다니다 보면 『장난감 도시』의 어린 '윤'이 떠올려지기도 하고 『마당깊은 집』의 '길남'이 신문을 돌리려고 뛰어다니던 모습이 그려지기도 한다. 길남은 마당 깊은 집에 살면서 대구역 앞 중앙로를 중심으로 한 거리에서 신문을 팔았다. '길남'이나 '윤'은 그렇게 도시에 던져졌고, 그곳에서 살아남아야 했다. '길남'이 신문을 팔며 뛰어다녔던 중앙로에 위치한 교동시장은 전쟁 때문에 고향을 떠난 사람들이 만든 시장으로 미군 부대에서 흘러나온 물건들을 팔았는데, 그래서 양키시장으로도 불렸다. 교동시장 맞은편의 보석 가게들은 그 당시에 하나둘 생기기 시작했는데 길남은 그 저녁이면 호화로운 불이 켜지던 보석 가게를 보면서 배고픔을 달래야 했다.

소설가 김원일은 소설 『마당깊은 집』에서 "그 시절 문자로 말하자면 '빽' 있는 부유층은 잘 먹고 살며 흔전만전 돈을 썼으며, 빽 없고 가진 것 없는 서민은 수제비로 하루 끼니를 잇기에도 부대꼈다. 전쟁이 난 뒤 피난민들이 몰려들어 시장 규모가 몇십 배로 커져 속칭 '양키시장'으로 불린 교동시장에는 별난 외제 물건이 나돌았지만 칠성시장 같은 서민 상대의 장거리는 생존의 아귀다툼으로 온갖 사투리가 난무했다. 전쟁 후유증에 따른 인심 사나운 그런 세상일수록 양극화 현상은 두드러져, 종로 거리 일대와 덕산동 뒷골목에 자리 잡은 요릿집은 밤마다 불야성을 이루어 노랫가락과 장고 소리가 그치지 않았다"라고 묘사하고 있다. 한때 불야성을 이루었던 요릿집들은 이후 서민을 대상으로 하는 술집으로 지금도 그럭저럭 명맥을 이어오고 있다. 그렇듯 피난민들 간에도 격차가 있어서 그중 형편이 나은 사람들은 여전히 대구에서 나은 생활을 할 수 있었지만 그렇지 못한 사람들은 사는 것 자체가 아귀다툼이었다.

우리 집은 대구시의 중심부에 해당되는 약전골목과 중국인이 많이 거주하는 종로통을 낀 장관동이었다. 아니 우리 집이 아니라 우리 가족은 장관동 어느 한옥 아래채 방 한 칸에 사글세를 들어 살고 있었다. 장관동은 번지수가 이백오십 정도에서 끝나는 작은 동으로, 손수레나 지나다닐 수 있는 좁장하고 꼬불꼬불한 골목길을 남북으로 삼백 미터 남짓 빠져나가면 양쪽 끝이 다른 동과 경계선으로 구획 지어졌다. 골목길 가장자리에는 덮개 없는 하수구가 있어, 겨울 한 철을 빼곤 늘 시궁창 냄새가 났고 여름이면 분홍색을 띤 장구벌레 떼가 오글거렸다. (……) 우리 가족이 세 들어 살던 집은 장관동을 남북으로 비스듬히 뚫어 약전골목에서 종로로 빠져나가는 그 긴 골목 중간쯤에 있었다. (……) 우리 가족이 세 들었던 집은 장관동에서도 몇 되지 않는 칸수 많은 널따란 대갓집 중 하나였다.

— 김원일 『마당 깊은 집』에서

김원일의 가족이 세 들어 살았다고 전해지는 장관동의 그 집은 지금 건물은 사라지고 집터만 남아 있다. 그러나 김원일은 그 집터마저도 자신의 가족이 살았던 집은 아니라고 가까운 지인들에게 말했다. 김원일의 집을 드나들었던 친한 친구들조차 변해버린 도시의 한 가운데서 예전 김원일이 세 들어 살던 집을 찾기는 쉽지 않아서 대충 어디쯤이라고 짐작만 할 뿐이다. 어쨌든 그곳에서 『마당깊은 집』의 '길남'은 초등학교를 졸업하고 대구로 올라오면서 1966년 어머니 앞으로 등기된 집을 가지기까지 옮겨다닌 셋집만 해도 아홉 집이었다. 그래서 김원일은 "내가 대구시로 나왔을 때 살던 집을 다른 셋방 집과 구별하려 우리 식구는 그 너른 집을 말할 때 '마당 깊은 집'이라 불렀다"고 한다.

그 집은 "대구 변두리 야산을 뭉개고 피난민이 마구잡이로 판 잣집이나 거적 집을 지어 하수구나 변소조차 제대로 갖추지 못한, 허리 숙여 들랑거리는 날림 집에 비한다면, 마당 깊은 집 셋 방이야말로 사람 살만한 터라 아니할 수 없었다"는 말처럼 그 집은 다른 피난민들보다는 나은, 그나마 고색창연한 기와집의 형색을 갖춘 집의 방 한 칸이어서 '길남'은 다른 사람보다는 나은 생활을 시작했던 셈이다.

집의 주인은 "주인 아저씨는 대구 변두리 침산동에 면방적기 열몇 대를 차려놓은 공장"을 운영했고, 주인아주머니는 "대구 번화가 송죽극장 입구에 귀금속과 시계를 파는 점포를 열었고, 유한층 부녀자를 상대로 계주 노릇을 하고 있기도 했"을 정도로 부유한 집이었다. 주인아주머니가 열었던 귀금속과 시계를 파는 가게 거리는 지금도 송죽극장 일대와 교동시장 일대에 남아 있어 '귀금속 거리'로 불린다.

그 집 위채에는 주인 가족과 곁붙이 가족들이 여덟 명 살고 있었고 아래채에는 네 가구 열네 명의 사람이 살았으니 마당 깊은 집에는 도합 스물두 명이 살았다. 그곳에서 신문팔이를 하며 돈을 벌고 공부를 하던 '길남'은 "내 신문팔이에도 일정한 행로가 정해져 중앙통 일대, 송죽극장 주위의 다방, 양키시장, 대구역, 군 통합병원을 차례대로 거쳤다" 그러니까 아직 어렸던 길남이는 집에서 멀지 않은 중앙로를 중심으로 신문을 팔아 집안 살림에 보탰던 것이다. 가끔 그렇게 번 돈은 불량배에게 신문과 함께 뺏기기도 했는데 그럴때면 길남의 어머니는 "그기 바로 돈 주고도 몬 살 갱험 아인가. 어데 다친 데 없으이 다행이다. 여게서 니 용기가 꺽이모 다른 더 큰 난관은 넘어설 마음도 몬 가지리러. 우짜든동 악심 묵고 용기를 내라"고 격려하곤 했다. 그러나 그런 길남이도 아직 중학교에 진학하지 못해서

교복 차림으로 책가방 든 내 또래 학생들이 집으로 돌아가는 모습을 보면 학교도 다니지 못하고 신문이나 파는 내 신세가 서러워져, 그럴 때면 내가 찾는 소일 터가 역전이었다. 역전으로 가면 많은 거지아이와 실업자를 볼 수 있었다. 겉보기에 멀쑥한 사람을 졸졸 따라다니며 애처롭게 구걸하는 깡통 든 아이들의 남루한 차림이나, 때에 전 군복을 입고 역 광장을 무료히 거닐며 땅에 버려진 담배 꽁초를 주워 피우는 초췌한 실업자를 보면 (……) 역 광장으로 흩어져 나오는 승객을 좇아 우르르 몰려드는 지게꾼이나 뙤약볕 아래 목판을 벌여놓고 파리떼 쫓으며 과일과 떡을 파는 장사꾼을 볼 적도 마찬가지였다. 어렵게 하루하루를 살아가는 사람들의 그런 모습이 내게는 적잖이 위안이 되었다.

고 말한다. 길남이 힘들 때마다 찾았던 역전, 곧 대구역은 이제 예전의 모습은 찾아보기 어렵지만 그때의 모습은 어렵지 않게 짐작해 볼 수 있다. 예나 지금이나 역전은 가난한 사람들이 모여드는 곳이고, 특히 전쟁 전후의 역전은 생존조차 힘든 사람들의 생존 현장이 되었을 것이다.

대구에는 직접적인 전투는 없었지만 임시 정부가 두어 달 있었고, 따라서 많은 정부 기관들이 따라 내려와 있었다. "상서여자상업학교는 내가 대구로 왔을 무렵에는 본 교사를 군에 징발당한 경북고등학교가 그 건물을 가교사로 쓰고" 있었다 라고 쓰고 있거나, "휴전이 되고 해가 바뀌었다지만 그 무렵까지 대구시에는 2군 사령부, 군 통합병원, 미8군 사령부 외에도 육군본부가 미처 환도하지 못한 채 있었고, 군부대에 기댄 각종 기업체와 군수 공장과 하청 공장이 많아 전쟁 경기가 좋았다. 시내 중심거리인 중앙통·향촌동·송죽극장 일대에는 넥타이 맨 양복쟁이와 양장 차림에 뒷굽 높은 뾰족 구두를 신은 젊은 여자들로 넘쳤고, 군복 차림의 한국군과 미군도 민간인만큼이나 흔하게 볼 수 있었다. 한편, 피난민·실업자·잡상인·지게꾼·거지·구두닦이 또한 발에 차이는 돌멩이만큼이나 널려 있었다"고 증언한다. 그 북새통의 대구에서 길남의 어머니는 요릿집 기생들의 조선옷을 맡아 삯바느질을 해서 끼니를 그럭저럭 해결하고 있었다.

전쟁이 끝난 후 더위가 기승을 부리는 여름에 길남이는 다짐

한다. "이 다음에 돈 잘 버는 그런 세월이 오면 여름철에 아이스 께끼를 한자리에서 오십 개쯤 먹어 뱃속이 얼어붙게 만들어 볼 것"이라고 꿈을 꾸지만 실제 길남의 집은 아이스께끼는 고사하고 여름 내내 점심도 못 먹는 처지였다. 그러다가 어느날 동생 '길수'가 안집에서 점심을 얻어먹었는데 어머니는 "거지 새끼마냥 위채에서 한 끼니를 얻어 처먹었으니 저녁밥은 굶어도 싸다"고 냉담하게 말하면서 길수의 저녁밥을 굶겼다. 저녁밥을 굶은 길수의 울음은 "내가 잠들 때까지 이어졌다. 그가 그제서야, 밥 안 얻어 묵겠다는 말을 울음 속에 여러 차례 옹알거렸다. 다섯 살배기였지만 그날의 경험은 길수의 아둔한 머리로도 깨친 바 있었던지, 이튿날부터는 위채 축담 아래를 아장거리지 않았다"

누구 없이 어렵던 시절이었다. 몇몇이 호화롭게 산다고 해도 대부분은 끼니를 걱정해야 하는 때였다.

'길수'는 마당 깊은 집에서 셋방살이하는 순화 누나와 함께 장 관동에서 이 킬로쯤 떨어진 방천까지 가기도 했다.

방천은 대구시를 관통하는 유일한 큰 개천으로 그곳에 나가면 시골 장판보다 더 많은 사람들을 만날 수 있었다. (……) 당시 수도 사정이 아주 나빴던 대구 사람들은 모두 그 방천을 빨래터로 이용하고 있었다. 자갈 바닥에 드럼통을 세워놓고 그 아래 장작불을 지켜, 빨래를 삶아주고 돈을 받는 희한한 장사치도 있었다.

방천은 지금의 수성교 아래쪽 강을 이르는데 약전골목에서 그곳까지 빨래를 하러 다녔다니 먹는 것뿐만 아니라 입는 것조차도 쉽지 않은 세월이었음을 짐작할 수 있다. 지금이라면 걸어서는 엄두도 못낼 거리이지만 수도 사정이 좋지 않았던 당시로서는 다른 선택지도 없었을 것이다.

그곳에 나가면 알아듣기 힘든 이북 사투리가 질펀했고, 몸 앞뒤로 바둑판만 한 광고판을 달고 다니는 사람 또한 심심찮게 만났다. '고향은 함경남도 장진, 흥남부두에서 헤어진 정훈 엄마와 정훈이 말숙이를 찾습니다. 정훈 엄마는 귀 밑에 점이 있고'

1983년 KBS 특별생방송 '이산가족을 찾습니다'의 1950년대판 이산가족 찾기가 대구 방천에서 이미 일어나고 있었다. KBS는 1983년 6월 30일부터 11월 14일까지 이산가족 찾기 프로그램을 방영했다. 패티 김이 부르는 '누가 이 사람을 아시나요'라는 애절한 곡으로 시작하는 이 프로그램은 전 국민의 눈을 텔레비전으로 집중시켰고, 이산가족의 눈물겨운 상봉을 보면서 눈물 흘리지 않은 국민이 없을 정도였다. 이산가족을 찾는 사람들이 너무나 많이 몰려오자 KBS는 모든 정규방송을 중단하고 5일 동안 생방송으로 이 프로그램만 방영하기도 했다. 이때 가족을 찾기 위해 신청한 사람만 10만여 명에 달했고, 약 1만여 명의 이산가족이 가족을 찾았다. 가족이란 이렇듯 애틋한 것이다. 전쟁의 와중에도 가족을 찾기 위해 몸에 광고판을 두르고 다녔던 사람들은 가족을 찾았을까.

그들은 더할 수 없이 참담한 순간들을 보냈지만 도시는 그 순간을 순수의 순간으로 기억하고 있다. 그들이 해야 할 것은 굶지 않고 살아남는 것, 그리하여 가난에 쓰러져 가는 부모와 형제를 먹여 살릴 수 있도록 어엿하게 성공하는 것이었다.

> 조그만 방 하나가 우리 가족이 차지한 공간의 전부였다. 바닥도 벽도 천정도 죄다 판자쪽으로 둘러친, 그것은 방이라기보다 흡사 커다란 나무궤짝 같은 느낌을 주었다. 그나마 세간살이들이 차지하고 남은 공간엔 도무지 네 식구가 발을 뻗고 누울 재간이 없었다. 나는 결국 윗목에 놓인 장롱 위에다 따로 요때기를 깔고 이층잠을 자기로 했다.
>
> – 이동하 『장난감 도시』에서

아이들이 자라면서 레고라는 것으로 장난감 놀이를 하는 것을 보았다. 아이들은 레고로 성을 쌓고 허물기를 반복했다. 더러는 그 성안에 병정 모자를 쓴 장난감을 넣기도 했지만 그 모든 것은 장난감일 뿐이었다. '윤'은 그렇게 언제든지 만들고 허물 수 있는 장난감 같은 도시, 나무 궤짝처럼 판자 쪽으로 둘러친 집에서 추위와 더위를 견뎠다. 나무 궤짝 같은 집이었지만 판자 쪽으로 집을 지을 수 있었던 사람들은 그나마 나은 축에 속했다. 지금도 남아 있는 사진들을 보면 피난민들은 신천변 모래 위에 천막집을 지어 거처를 마련해야 했다. 전쟁으로 국가가 국민을 돌봐주지 않았으므로 국민들은 각자가 알아서 생명을 부지해야 했다. 부모가 있는 아이들은 그나마 또 나은 축에 속했다. 많은 고아들이 거리를 떠돌았으며, 그들은 외국으로 입양되어 가거나 거리의 아이가 되어야 했다.

그뿐이었겠는가. 많은 청년들이 죽거나 상이군인이 되었고, 여자들은 미군들에게 몸을 팔며 거리의 여자가 되어 갔다. 영천 출신의 작가 하근찬이 쓴 「왕릉과 주둔군」에는 양공주가 되기 위해 집을 나간 금례가 등장한다. 어느날 긴 머리가 짧아지고 화장이 진해지던 금례는 "아버님, 용서하여 주이소. 돈을 많이 벌어갖고 돌아오겠심더. 불효 여식 금례 올림"이라는 편지를 써놓고 사라져 버렸다.

왕릉 건넛마을에 사는 금례의 아버지 박 첨지는 "손바닥만 한 논배미를 부치며 느지막이 얻은 딸 금례와 함께 근근이 목숨을 이어가고 있었다. 자기네 조상이 임금이라는 자랑, 그러니까 자기네 박씨가 일등이라는 자랑을 가슴에 지니고 상투를 기르며, 왕릉을 돌보는 것으로 큰 낙을 삼고 있는" 사람이었지만 전쟁이 일어나고 미군이 들어오면서 사람들이 달라져 가는 것을 속수무책으로 바라보아야 했다. 그중에서 느지막이 얻은 딸 금례가 편지를 써놓고 사라지자 마을에 고개를 들고 나갈 수가 없었는데 금례가 서양병정을 닮은 아이를 안고 나타나는 것 또한 그냥 바라볼 수밖에 없었다. 전쟁 때문이었다. 그러나 그 전쟁은 "북쪽 산줄기를 타고 울려오던 우렛소리 같은 산울림 소리도 차츰 남쪽으로 멀어져갔다. 그러나 세상이 어떻게 되었는지, 이 산마을에는 바람결에 간간 소문이 들려올 뿐 아무런 변화가 일어나지 않았다"(하근찬 『산울림』에서)

'윤'이 살던 삼성역이 있던 마을도 마찬가지였지만 '윤'의 아버지는 삼촌 때문에 어쩔 수 없이 늘 윤이 앉았던 삼성국민학교 창 쪽으로 둘째 줄 여섯 번째 자리를 놔두고 대구로 이주를 했다. 거기에는 '윤'이 남긴 흠집과 낙서가 있었지만 도회지 학교로 전학을 오면서 장난감 도시의 일원이 되었다.

'윤'은 시골에 살았으면 면장감은 충분히 되었을 자신의 과거를 뒤로하고 난생 처음 도시로 왔지만 그를 기다리고 있는 것은 우물에서 시원하게 길어 올리던 물이 아니라 사 먹어야 하는 물이었다.

나는 꼭 쥐고 있던 돈을 한 잔의 물과 맞바꾸었다. 유리컵 속에 든 물은 짙은 오렌지빛이었다. 손바닥에 닿는 냉기가 갈증을 더 자극했다. 그러나 나는 마시지 않았다. 이 도시와 그 생활이 주는 어떤 경이와 흥분 때문에 실상은 목구멍보다도 가슴이 더 타고 있었다. 나는 유리컵을 조심스럽게 받쳐든 채 천천히 돌아섰다. (……) "이봐, 너 어디로 가져가는 거냐?" 나를 불러세운 물장수가 그렇게 물었다. 나는 금방 얼굴을 붉히었다. 무언가 잘못을 저지르고 있다고 판단되었기 때문이다. (……) "잔은 두고 가야지. 너, 시골서 온 모양이로구나. 그렇지?"

그 장난감 같은 도시, 나무 궤짝 같은 집들은 세월이 지나면서 시멘트 블록으로 담을 쌓고 슬레이트로 지붕을 이으면서 달라진 듯이 보이지만 '윤'이 견딘 시간은 지금도 여전히 그 골목에서 흐르고 있다. 시간은 흘러가는 듯이 보이지만 머물러 있기도 한다. 사람은 바뀌었지만 여전히 사람이 그 집에서 살고 골목을 다닌다. 레고를 쌓듯이 쌓은 집에서 살았던 피난민들은 이제 목숨을 다하고 그 자리에는 다른 사람들이 들어왔지만 여전히 그 골목에는 사람이 살고 그리하여 도시는 숨을 쉰다.

그 골목이 있는 마을은 '만인을 위한 최소공간'이었다. 그들은 서로의 어깨를 부딪히며 살아야 했지만 그 어깨는 서로 기댈 수 있는 어깨였다. 원래부터 이 바닥에서 살아온 사람들과 전쟁통에 쫓겨 온 피난민들과 또 다른 이유로 고향을 떠나야 했던 사람들이 모여 살던 도시는 악다귀같이나마 먹고살기 위한 터전이었다.

전쟁이 도시에 끼친 상흔은 깊고도 넓다. 그 기억은 사람과 사람에게로 전해졌고, 먹고살기 위해 악다구니를 쳤지만 그 골목에 사는 사람들의 처지는 서로 비슷했기 때문에 결국은 하나였다.

그 시절 대구라는 이 도시에는 어떤 영웅이 있었을까. 대구의 동쪽에는 영천 전투가 있었고 북쪽에는 다부동 전투가 있었다. 이 다부동 전투는 백선엽 장군의 자서전으로 세상에 널리 알려졌다. 동쪽이었던 영천 지역을 지키지 못하면 차례로 경주와 대구의 동쪽이 무너졌을 것처럼 북쪽의 칠곡 다부동 역시 무너지면 대구를 사수할 수 없었다. 이미 정부는 다부동에서마저 밀리면 한국군을 일본으로 데려가서 재편성해서 전투를 치른다는 소문이 돌았고, 제주도로 옮겨서 항전을 치른다는 말도 있을 정도로 절박한 곳이었다. 대구가 밀리면 임시정부가 있던 부산이 밀리는 것은 시간문제였으므로 낙동강 방어선은 최후의 보루로서 반드시 지켜야 할 곳이었다.

국군과 북한군은 1950년 8월 3일부터 구미와 의성, 칠곡 다부동에서 전투를 하고 있었는데 그중 다부동 전투가 가장 치열했다. 다부동이 함락되면 대구가 바로 적 포격의 사정권 안에 들어가기 때문에 절대 내줄 수 없는 요충지이기도 했다. 이 가운데 837고지는 대구를 사수할 최고의 요충지였고 유학산은 아홉 번, 328고지는 무려 열다섯 번이나 고지의 주인이 바뀔 정도로 치열한 낙동강 방어 전투 중 가장 치열한 혈전을 벌인 곳이었다. 국군은 미8군 사령부의 지원을 받아 북한군의 '8월 공세'와 '9월 공세'를 방어하면서 낙동강을 결국 지킬 수 있었다. 이 전투로 국군과 유엔군은 1만여 명이 죽거나 다쳤고, 북한군은 2만 4천 명이 죽은 것으로 추정한다.

후방에서 국민들이 어려운 생활을 해나가는 동안 전투가 벌어진 전방에서는 목숨을 건 치열한 혈전이 벌어지고 있었다. 수많은 어린 학도병들이 죽었고, 자유를 수호한다는 이름으로 전 세계의 군인들이 달려와서 기꺼이 목숨을 바쳤다. 전 국토가 아비규환이었고, 어느 누구도 편할 수 없는 시절이었다.

독일의 철학자 한나 아렌트는 "20세기는 전쟁과 혁명의 세기가 되었으며, 그러므로 전쟁과 혁명의 공통분모라고 일반적으로 믿어지는 폭력의 세기가 되었다"고 말했다. 20세기는 아렌트의 말처럼 러일전쟁과 만주사변, 중일전쟁, 태평양전쟁, 한국전쟁, 베트남전쟁 등 온통 전쟁과 내란의 시대였다. 그러나 역사는 전쟁의 영웅만 기억할 뿐 그 전쟁을 직접 몸으로 겪어낸 주변 사람들의 이야기에는 별 관심이 없다. 전쟁에서 죽어간 수많은 무명용사들, 이 무명용사라는 말은 얼마나 잔인한가. 다부동 전투에서는 신병이 이틀만 지나면 고참이 되는 식으로 무수한 사람들이 죽어나갔다. 다부동 전투가 끝난 후 격전지를 오르니 너무 많은 주검이 뿜어내는 냄새로 숨을 쉴 수 없었다고 당시 12연대 중대장이었던 전자열 장군은 기억한다. 주검은 그때 처음으로 미군에서 들어온 화염방사기로 태웠는데 그 주검을 기억하면 과연 무엇을 위한 전쟁이었는지 묻게 한다.

그 전쟁에 나갔던 아들이 살아서 돌아온다는 통지가 왔다.

진수가 돌아온다. 진수가 살아서 돌아온다. 아무개가 전사했다는 통지가 왔고, 아무개는 죽었는지 살았는지 통 연락이 없는데, 우리 진수는 살아서 오늘 돌아오는 것이다. 생각할수록 어깻바람이 날 일이다. 그래 그런지 몰라도 박만도는 여느 때 같으면 아무래도 한두 군데 앉아 쉬어야 넘어설 수 있는 용머리채를 단숨에 올라채고 만 것이다.

가슴이 펄럭거리고 허벅지가 뻐근했다.

– 하근찬 「수난이대」에서

일제 강점기 징용에 끌려갔다가 팔 하나를 잃어버린 만도는 전쟁에서 살아 돌아오는 아들에게 먹이기 위해 고등어를 사서 남은 한 손에 들었다. 기차가 오고 사람들의 물결 속에서 두 개의 지팡이를 짚고 절룩거리면서 걸어 나가는 상이군인이 있었으나 만도는 그 사람은 쳐다보지도 않았다. 그런데 아들을 찾고 있는 만도의 뒤에서 "아버지!" 하며 부르는 곳으로 돌아보니 거기 아들이 있었다.

그 순간 만도의 두 눈은 무섭도록 크게 떠지고, 입은 딱 벌어졌다. 틀림없는 아들이었으나, 옛날과 같은 진수는 아니었다. 양쪽 겨드랑이에 지팡이를 끼고 서 있는데, 스쳐 가는 바람결에 한쪽 바짓가랑이가 펄럭거리는 것이 아닌가. 만도는 눈앞이 노래지는 것을 어쩌지 못했다. 한참 동안 그저 멍멍하기만 하다가 코허리가 찡해지면서 두 눈에 뜨거운 것이 핑 도는 것이었다.

"에라이 이놈아!" (……)

"이기 무슨 꼴이고 이기."

"아부지!"

"이놈아 이놈아 ……"

– 하근찬 「수난이대」에서

아들의 꼴을 보고 기가 막혀서 앞서가던 만도는 국숫집에서 곱빼기로 참기름도 듬뿍 친 국수를 아들에게 먹인다. 그리고 말한다. "나 봐라. 팔뚝이 하나 없어도 잘만 안 사나. 남 봄에 좀 덜 좋아서 그렇지. 살기사 왜 못 살아" 그러다가 외나무다리가 있는 개천 둑에서 만도는 아들을 업는다. 진수는 지팡이와 고등어를 각각 한 손에 쥐고 아버지는 하나뿐인 팔뚝을 뒤로 돌려 아들의 하나뿐인 다리를 꼭 안았다.

"팔로 내 목을 감아야 될 끼다"

했다. 진수는 무척 황송한 듯 한쪽 눈을 찍 감으면서 고등어와 지팡이를 든 두 팔로 아버지의 굵은 목덜미를 부둥켜 안았다. 만도는 아랫배에 힘을 주며 끙!하고 일어났다. 아랫도리가 약간 후덜거렸으나 걸어갈 만은 했다. 외나무다리 위로 조심조심 발을 내디디며 만도는 속으로, 이제 새파랗게 젊은 놈이 벌써 이게 무슨 꼴이고. 세상을 잘못 타고나서 진수 니 신세도 참 똥이다 똥, 이런 소리를 주워섬겼고 아버지의 등에 업힌 진수는 곧장 미안스러운 얼굴을 하며, 나꺼정 이렇게 되다니 아부지도 참 복도 더럽게 없지. 차라리 내가 죽어버렸더라면 나았을 낀데…… 하고 중얼거렸다.

― 하근찬 「수난이대」에서

어릴 적에는 거리에 상이군인들이 많았다. 징용 갔다가 다친 이와 6.25 때 다친 이들, 월남전까지, 우리나라가 겪은 불행한 역사와 전쟁에서 많은 이들이 죽고 다쳤으며, 그렇게 다친 이들은 정부의 특별한 보호도 받지 못한 채 방치되었다. 그때 팔다리가 없는 상이군인들은 공포의 대상이었다. 누구도 그 사람들이 국가를 위해 목숨을 바친 사람이라고 알려 주지 않았으므로 그들은 기피해야 할 대상이었다.

만도의 말마따나 세상을 잘못 타고나서 인생이 똥이 된 사람들이었다. 그때 하루라도 빨리 그들을 국가가 나서서 보호했더라면 어땠을까를 생각해 본다.

미국의 공항에서는 가끔 군복을 입은 군인이 있으면 먼저 탑승하라는 안내 방송을 한다. 비행기 1등석이나 식당의 예약된 좌석을 군인에게 양보하는 것도 있고 제복 입은 군인에게 시민들은 경의를 표한다. 프랑스 파리의 지하철이나 버스에는 상이군인에게 좌석을 양보하라는 문구가 있다. 나라를 지키는 청년들에게 시민들이 할 수 있는 예우가 이처럼 일상생활에 스며들어 있다. 그러나 우리나라의 군인들, 특히 상이군인들은 장애인으로 취급되면서 사회의 낙오자처럼 버려졌다.

2022년 현재 우리나라에서는 군대에서 두 팔을 잃고도 시효가 지나서 연금을 못 준다는 뉴스가 나왔다. 심지어 그 군인이 민간병원에서 치료한 치료비마저 줄 수 없다고 했다. 그래서 빨리 복귀하라고 재촉하다가 급기야는 복귀를 안 하면 탈영으로 처리하겠다고까지 했지만, 결국 두 팔을 잘라야 했던 병사는 상이군인 연금이 있다는 것을 알지 못하다가 뒤늦게 그것을 알고 신청했지만 시효가 지나서 연금을 못 받게 되었다는 것이었다. 상이군인 연금 지급에 왜 시효가 있는지 알 수 없지만 우리나라가 군인을 얼마나 함부로 대하는지를 알 수 있는 사례이다. 지금도 그러하니 전쟁이 막 끝났을 때야 오죽했겠는가. 전쟁으로 폐허가 된 나라에서 상이군인들을 돌볼 여력이 안 되었을 것이지만 그들이 거리를 떠돌면서 사람들에게 손가락질 받는 것만은 국가가 나서서 막아야 했다. 그랬다면 소설에서처럼 만도가 아들 진수를 향해서 "니 신세도 똥이다 똥"이라는 한탄스러운 소리를 하지 않았을 것이다.

국가를 위해 불러놓고 책임은 개인이 지도록 하는 이 사회가 과연 바람직한 사회인지 돌아봐야 할 일이다. 그러나 만도에겐 아들이 다리가 없건 말건 살아 돌아왔으니 그것으로 되었을 것이다.

그렇게 젊은 병사들의 피로 지킨 이 도시가 과거의 기억을 덮고 재생이라는 이름으로 재개발을 하고 있다. '윤'과 '길남'이 뛰어다녔던 골목길은 덮이고 높은 아파트가 지어지고 있다. 이제 윤과 길남은 어디로 가야 할까. 높이 올라가는 아파트를 볼 때마다 나는 그때 골목을 뛰어다녔던 아이들과 그들의 아버지, 엄마, 형제들을 생각한다. 더 이상 사람이 살지 않아 무너져 내리는 집과 오랜 세월 동안 쌓인 얼룩이 덮여 더럽게 변한 보도블록과 넝쿨이 엉망으로 휘감아 오른 담이 있지만, 또 한편에서는 누군가가 오랜 정성으로 키운 작은 화분에서 자라는 꽃과 몇 포

기의 푸성귀와 말갛게 잘 닦여진 창문을 본다. 그것은 우리가
닿을 수 없는 침묵의 시간이지만 들을 수 없는 수다이기도 했
다. 공간은 시간에 묻혀 기억을 쌓아 가지만 후대의 우리는 그
기억을 상실하고 묻으려 한다. 우리가 존재하지 않았던 공간과
시간은 누군가의 말과 글에서 기억될 뿐이다. 전쟁에서 빠져나
올 수 없을 것 같던 도시는 새로운 번영과 발전을 구가하며 또
새로운 지층을 만들어간다.

　도시는 변해가지만 우리는 진정 과거의 기억을 잃어 버렸는
가. 마치 바람에 흔들리는 감나무를 보면서 그 감을 따던 어릴
적 우리 부모를 생각하듯이 기억은 우리들의 언어로 엮여서 시
간을 이어간다. 그때도 그랬다. '윤'이 사는 집이 좁아지자 "부엌
이 있던 곳에 방이 들어서고, 방이 있던 곳에 부엌이 만들어졌
다. 동편에 있던 다락은 서편에 다시 매달려지고, 서편에 있던
쪽마루는 동편으로 옮겨 자리 잡았다. 요컨대 어제와 다른 새로
운 조형이 그 한정된 공간 속에서 이루어지고 있는 광경을 모든
이웃들은 거짓 없는 감탄과 선망의 눈초리로 오래도록 지켜보는
것이었다"

　그렇게 도시는 늘 변해간다. 마당 깊은 집의 주인은 마당이
깊어 여름이면 물난리를 겪던 집도 가난한 사람들이 세 들어 살
았던 아래채를 헐고 안마당을 바깥마당만큼 돋우어서 이층으로
양옥을 지을 계획임을 밝혔다. 그래서 마당 깊은 집에 세 들어
살던 사람들은 뿔뿔이 흩어졌다. "평양댁네는 양키시장 끝머리

동인동으로, 준호네는 당시 능금밭이 많았던 복현동 피난민 판자촌 동네로, 그렇게 셋방을 얻어 쪼개어져 흩어졌다"

그렇게 사람들이 떠나고 길남네도 새로운 셋방으로 옮겼는데

4월 중순의 어느 날이었다. 신문 배달 나선 길에 나는 가난한 사람들의 슬픔과 눈물과 분노가 벽마다 배어 있는 그 아래채 네 칸과 바깥채 가겟방과, 기우뚱 쓰러질 듯한 솟을대문이 허물어지는 순간을 목격할 수 있었다. 내 마음의 한 귀퉁이가 무너져 내리는 듯 아픔이 마음을 쳤다. 그날 나는 내내 우울하였다. (……) 마당 깊은 집의 그 깊은 안마당을 화물 트럭에 싣고 온 새 흙으로 채우는 공사 현장을 목격했다. 내 대구 생활 첫 일 년이 저렇게 묻히고 마는구나 하고 나는 슬픔 가득한 찬 마음으로 그 광경을 지켜 보았다. 굶주림과 설움이 그렇게 묻혀 내 눈에 자취를 남기지 않게 된 게 달가웠으나, 곧 이층 양옥집이 초라한 내 생활의 발자취를 딛듯 그 땅에 우뚝 서게 될 것이다.

— 김원일 『마당 깊은 집』에서

살던 거처를 묻어버리고 새로 집을 짓는다는 것은 그곳에 살았던 사람에게는 마음 한 귀퉁이가 무너져 내리는 듯한 아픔이기도 할 것이다. 대구로 처음 들어와서 굶주림과 설움이 가득했던 집이 자취를 남기지 않는 것은 달가우면서 기억이 하나 사라지는 일이다. 그렇게 대구는 수많은 삶과 추억과 기억을 묻으면서 지금의 대구가 되었다.

이동하나 김원일의 소설을 읽으면 우리는 순식간에 60~70년이라는 긴 시간을 뛰어넘어 과거에 닿는다. 영화나 텔레비전에서 보았던 6.25와 학살사건, 가난, 절망이 가득했던 시골과 도시가 순서대로 마치 파노라마처럼 떠오르는 것이다. 밥을 굶고 울고 있던 '길수'와 오밤중에 일어나서 밥을 먹어야 했던 '윤'의 가족처럼 그런 것들이 마치 영화의 한 장면처럼 스치고 지나간다.

오밤중에 갑자기 깨움을 당하는 날도 있었다. 눈을 비비고 일어나 보면 머리맡에 아버지가 앉아 계시었다. 나갈 때의 차림 그대로였다. 곧 어머니가 부엌에서부터 무언가를 담아 들고 들어왔다. 그러고는 우리가 수저를 잡기 전에 조그만 목소리로 속삭였다.
"숟갈 소리 내지 말고 가만가만 먹어라. 우선 물부터 마시고……."
도둑처럼 은밀히 우리는 먹기 시작하는 것이다. 어쩌다 수저 부딪치는 소리가 나면 자신이 더 질겁을 할 분위기였다.
 – 이동하 「장난감 도시」에서

너나없이 모두 굶고 살던 시절이었다. 물만 마시고 잠든 이웃들은 숟가락 소리만 들어도 배고픔을 더 느낄 터이니 이웃을 자극하는 소리는 내지 않는 것이 미덕이었다. 그렇게 오밤중에 일어나 숟가락 소리도 내지 못하고 무언가를 먹던 그 가난하고 서글픈 집들은 이제 지층 아래로 묻혀 버렸다.

그러나 모든 피난민촌이 그렇게 묻혀 버린 것은 아니다. 간혹 새롭게 발견되는 사진으로 당시의 풍경들이 소환되기도 하는데 2007년 2월에는 1954년 당시의 복현동 피난민촌 사진이 매일신문에 공개되었다. 미국인 아담 씨가 1954년부터 1956년까지 대구에 거주하면서 촬영한 것으로 그 사진 속에는 복현동 부근의 고아원 아이들이 선물을 받고 나서 찍은 사진도 있다. 이런 사진들은 우리의 잊힌 도시의 기억을 생생하게 되살려 주고 있다. 1952년 신천 강변의 피난민촌을 찍은 사진은 익히 그럴 것이라고 여겼던 피난민들의 삶의 모습이 고스란히 담겨 있어 충격을 주기도 한다. 강변에서 불을 피우고 물줄기를 따라 빨래를 하는 여인들, 작은 천막집이나 루핑으로 덧댄 집은 예전에 캄보디아 여행길에 보았던 톤레샤프 호수의 캄퐁 플럭 수상 마을을 떠올리게 한다. 가난하다고 무시하던 그들의 삶이 1950년대 우리의 삶이기도 했다. 캄퐁 플럭 수상마을이 호수 위에 집을 짓는다면 신천 강변의 피난민촌 마을은 강변 모래밭에 집을 지은 것이 다를 뿐 그들의 삶 자체는 별반 다를 것이 없다.

그랬던 신천은 지금은 말끔하게 정비되어 모래밭은 사라지고 대신 잔디밭이 들어서고 강 자체가 완전히 달라져 버렸다. 거기 어디에 피난민촌이 있었던가 상상도 되지 않는다. 얼마전에 작고한 전 문화부장관 이어령도 젊은 시절 향촌동 일대의 다방이나 술집을 자주 드나들었는데 그는 "폐허의 지하다방이나 가건물이 역사의 유물로 남을 수는 없다. 그러나 그 건축물들은 사람들의 기억 속에서 결코 헐리지도 변조되지도 않는다"라는 글을 남기기도 했다.

지금 도시도 피난민들을 비롯한 가난한 사람들의 하꼬방이 있던 자리에 아파트가 들어서고 낮은 처마가 이마를 치던 곳에는 넓은 대로가 들어섰다. 도시라는 한정된 공간 속에서 이루어지고 있는 그 변신은 도시에 사는 사람들의 '거짓 없는 감탄과 선망' 속에서 이루어지고, 때론 한숨 섞인 탄식도 뱉어낸다. 이 도시는 여기에서 살아가는 사람들에게 허용된 공간이고 삶이 이어질 세계이기 때문이다. 그러나 한편으로 도시는 사람들의 기억이 층층으로 쌓이면서 시간을 이어간다. 묻히고 닫혔다고 해서 기억까지 그러할 수는 없어서 도시는 여전히 기억 위에 새로운 집을 짓는다. 다만 그 기억이 쉽사리 쇠퇴하고 우리는 그것에 저항할 수 없는 것이 아쉬울 뿐이다.

한국 정자亭子의 교육·문화적 가치와 역할

– 아암 윤인협과 영벽정을 중심으로

윤일현/ 교육평론가

윤일현尹一鉉

· 윤일현교육문화연구소 대표
· 시인, 교육평론가, 칼럼니스트
· 포항제철고 교사, 대구시인협회 회장 역임
· 낙동강문학상(2021년) 수상
· 지은 책 : 『그래도 책 속에 길이 있다』(2022 문학나눔) 외
  교육평론집 다수
· 시집 : 『꽃처럼 나비처럼』 외 다수

한국 정자亭子의 교육적 가치

여가의 중요성과 교육

스파르타는 주변 도시 국가들보다 비옥한 토지를 갖고 있어서 상대적으로 부유했다. 스파르타의 군사훈련 과정은 처절했다. 7세부터 가정과는 격리되어 엄격한 군사 훈련을 받았다. 집단 속에서 겁쟁이로 낙인찍히면 가차 없이 처형되었다. 후세 사람들은 그들의 무자비한 훈련 방식을 '스파르타식'이라 부른다. 그들에게 교육이란 바로 군사훈련을 의미했다. 경제학자 토드 부크홀츠는 『다시, 국가를 생각하다』에서 주변 국가보다 선진 강국으로 번영을 구가하던 국가가 쇠락하게 되는 원인은 '출산율 저하, 국제교역의 확대, 부채 증가, 근로 의지 쇠퇴, 공동체성의 소멸'이라는 '5가지 역설' 때문이라고 말한다. 아리스토텔레스는 『정치학』에서 스파르타의 멸망 원인으로 먼저 인구 감소를 지적했다. 부유한 가문의 사람들은 아이를 낳지 않았고 토지와 자본은 소수에게 집중되었다. 교육의 기회를 얻지 못한 여자들은 남자들이 전쟁터에 나가 있는 동안 방종과 사치에 빠졌다. 기원전 4세기 초에 스파르타 인구는 80%나 감소했다. 테베인들은 수적으로 열세인 스파르타를 두려워하지 않게 되어 그들을 공략했다. 스파르타는 막대한 부를 거머쥔 이후 후손을 낳을 필요성을 상실했기 때문에 망했다.

아리스토텔레스가 지적한 '인구 감소'보다 더욱 우리의 관심을 끄는 것은 그가 스파르타의 또 다른 멸망 원인으로 꼽은 '여가 사용법'이다. 그는 『정치학』에서 전쟁을 목적으로 삼는 국가들 대부분은 전쟁을 하는 동안에만 안전하다는 점을 지적했다. 그는 전쟁을 목적으로 하는 나라가 제국을 세우고 평화가 도래하면 그들의 기질은 사용하지 않는 칼처럼 예리함을 상실한다고 지적하며, 입법자는 사람들이 여가를 적절하게 활용하도록 가르치지 않은 데 대해 비난받아야 한다고 말했다. 아리스토텔레스가 말한 '스파르타의 붕괴와 여가 사용법'은 입시전쟁을 치르고 있는 우리 현실에도 적용할 수 있다.

새벽별 보며 학교에 간다. 학교 수업 마치자마자 학원에 가서 밤늦도록 공부한다. 학원 마치면 독서실이나 집에서 새벽 1시 너머까지 책상 앞에 앉아 있어야 한다. 4~5시간만 자고 일어나 다시 학교에 간다. 부모는 자녀에게 따지지도 말고, 묻지도 말고, 부모가 시키는 대로만 하라고 요구한다. 가족 모두가 소망하는 명문대학에 들어가기만 하면 어떤 것도 허락해 주겠다고 말한다. 월요일에서 일요일까지 모든 일정은 엄마가 관리한다. 대부분 가정에서는 '남모르게, 남보다 빨리, 남보다 많이'가 실질적인 가훈이다. 그들은 입시전쟁을 치르는 동안에는 일사분란하게 움직인다. 다른 것에는 신경 쓸 겨를이 없고, 그럴 필요도 없다. 자녀가 대학에 입학하자마자 사정은 급변한다. 간신히 유지되던 예리한 긴장은 자녀의 대학 진학과 더불어 사라진다. 대부분 아이는 100m 달리기를 하듯이 대학 문턱을 넘을 때까지만 전력 질주하고 그다음에는 주저앉아 버린다. 아이를 대학에 보내고 나서 부모는, 특히 어머니는 심한 허탈감이나 우울증에 빠지는 경우가 많다. 대부분 가정은 입시전쟁을 치르는 동안만 안정을 유지한다. 아이가 대학에 진학하고 나면 많은 가정이 붕괴한다. 부모는 진정한 대화를 경시하고 여가를 생산적으로 활용할 수 있는 훈련을 시키지 않은 데 대해 비난받아야 한다.

인구 33만의 아이슬란드가 2018년 러시아 월드컵 최종 예선전에서 같은 조의 강호들을 물리치고 조1위로 본선행을 확정한 것은 하나의 사건이었다. 아이슬란드 감독 할그림손은 히딩크 같은 세계적인 축구계의 명장이 아니었다. 경기가 끝나면 환자를 진료하는 치과의사였다. 그는 FIFA(국제축구연맹)와의 인터뷰에서 "나를 찾아주는 환자들을 진료하며 축구에 대한 생각을 잠시 잊고 평온함을 찾는다"라고 말했다. 그는 경기 전에 모든 언론의 주목을 받으며 두 주먹 불끈 쥐고 승리의 결의를 다지는 비장한 모습 따윈 보여주지 않았다. 대신 술집을 찾아가 열광하는 서포터스의 모습을 촬영해 선수들에게 보여주며 사기를 올려주곤 했다. 선수들 또한 영화감독, 법학도 등 주로 투잡을 가진 사람들이었다. 어릴 때부터 다른 공부는 안 하고 오로지 공차기에만 모든 것을 바친 우리 선수들을 보면 안타깝다. 그들을 비난하는 대신 영화를 보게 하고, 책을 읽히고, 음악감상과 여행을 하게 하고, 다양한 인문적 교양을 쌓게 하여 주기적으로 축구를 잊게 해 주어야 한다. 그래야 축구에 대한 열정과 이해도가 더 높아지고, 더욱 창의적인 플레이를 할 수 있는 소양과 자질을 배양할 수 있다.

일주일 내내 하루도 쉬지 않고 학교와 학원을 오가는 학생들도 우리 축구선수들과 다를 바가 없다. 부모의 주된 관심사는 점수와 석차, 다른 학생과의 상대적 비교다. 이런 환경에서 학생은 공부 자체를 즐길 수 없고, 진정한 지적 호기심을 가지기도 어렵다. 대부분의 학생은 과정을 즐기면서 무엇을 깨닫게 되는 지적 희열을 맛보기 어렵다. 일방적인 주입식 수업과 확인을 위한 시험, 그에 따른 일시적인 칭찬과 호된 질책은 모든 자발적인 자기주도적 학습 의욕을 빼앗아 가 버린다. 중간·기말시험이 없는 주말에는 야외 활동과 운동, 독서 등을 하고, 틈날 때마다 연주회, 전시회에 가고, 고적을 답사하며 박물관에서 하루를 보내기도 하고, 다양한 분야에서 교양을 쌓으면서 지적 역량을 기르고 심신을 단련해야 학업의 생산성을 높일 수 있다. 우리 아이들은 어린 나이에 만성 피로에 절어있어 세상만사를 귀찮아

한다. '놀지 말고 공부하고, 쉬지 말고 공부하고, 자지 말고 공부하라'는 구호는 우리 모두를 숨 막히게 한다. 맺고 끊고를 분명히 하며, 재미있게 잘 노는 아이가 공부도 잘하고 궁극적으로 살아남을 가능성이 높다.

'필연은 문명의 어머니이고, 여가는 문명의 유모'라고 토인비는 말했다. 대부분의 가정은 예전과 비교가 안 될 정도로 물질적으로 풍족해졌다. 그러나 아이들은 체계적인 여가 교육을 받지 못하고, 예술을 향유하고, 문화생활을 영위할 수 있는 기본 소양과 인문적 교양이 결여된 상태로 대학에 입학하기 때문에 대학 진학 후 갖게 되는 여가를 생산적으로 활용하지 못한다. 대학에만 들어가면 모든 것을 다 용납해 준다고 했기 때문에 상당수의 학생은 별 죄의식 없이 방종과 퇴폐적 생활에 빠져든다. 그렇지 않으면 극심한 취업난으로 의미 없는 스펙 쌓기에 진을 뺀다. 아리스토텔레스는 자유시간과 여가를 사용하는 방법에 의해 공동체의 질이 결정된다고 생각했다. 그는 '여가는 교양의 기초'라고 했다. 청소년기에 여가 선용 방법을 배우지 않으면 어른이 되고 나서 혹독한 대가를 치러야 한다. 이미 많은 가정에서 그 대가를 치르고 있다.

교육이 경화되어 유연성을 상실하게 될 때 기존의 선망 받는 직업에 모든 인재들이 벌떼처럼 달려든다. 의사 지망생과 고시 지망생이 이렇게 많다는 것은 사회가 그만큼 경직되어 있다는 증거이다. 지금 대학가에는 비록 탁상공론이라 할지라도 진보적 유토피아, 새로운 가치와 윤리, 국가와 민족의 장래 같은 거시적 담론은 사라지고 맹목적 소비주의, 고시 열풍과 같은 계산적 합리주의, 일상의 허무와 무의미에서 탈출하려는 육체적 쾌락주의 등이 모든 논의에서 헤게모니를 장악하고 있다. 입시라는 목전의 경쟁에서 이기기만 하면 모든 것을 용납해 주겠다는 부모와 자식 간의 묵계가 대학을 이렇게 만드는데 일조했다. 결과중시주의는 필연적으로 한탕주의와 기회주의자들을 양산한다. 이런 환경에서는 진정한 배움의 기쁨이나 평생 가슴에 남게 될 진한 감동 따위는 들어설 여지가 없다.

이제 달라져야 한다. 정해진 몇몇 자리를 위해 치열한 소모적 경쟁을 벌이기보다는 스스로 새로운 '자리'를 창조하려는 분위기가 넘쳐흐를 때 그 사회는 젊어지고 탄력성이 유지된다. 나보다 앞서 가는 사람을 시샘하고 다른 사람이 차지하고 있는 '자리'를 탐하기보다는 자신의 '햇볕'을 지키고 즐길 수 있는 디오게네스적인 인간형이 존경받는 풍토를 조성해야 한다. 새로운 자리를 창조하며 그 공간을 의미 있게 확장할 줄 아는 열정적인 삶의 본보기를 제시하고, 그 과정에서 겪게 되는 경쟁과 긴장을 즐길 수 있도록 가르쳐야 한다.

아난트 인도공과대학 총장이 2008년 서남표 KAIST 총장과의 대담에서 "상상력에 더 많은 투자를 해야 아시아 인재들이 글로벌 경쟁력을 갖는다. 서양의 과학은 데이터를 모으고 이를 정리해서 모델을 만들어 실험하고 검증하는 방식이었다. 하지만 이런 서양의 방식은 너무 오래 세계를 지배했다. 아시아는 서양에 부족한 직관(intuition)이란 게 있다. 현대적 용어로 말하면 상상력이다. 그런데 아시아에서는 아이들에게 상상력을 자제시키면서 충분한 투자를 하지 않았다. 여기에 보다 많은 투자가 필요하다"라고 말하며 상상력을 강조했다. "아시아 사람들은 서양에 의해 이미 증명돼 있는 문제를 좇으려고 하는 경향이 있다. 우리는 우리만의 문제를 찾고 그것을 풀어 나가야 한다. 우리가 알고 싶은 것, 우리가 발전시키고 싶은 것, 그리고 우리가 만들고 싶은 것에서 학문을 시작할 필요가 있다" 서남표 총장이 덧붙인 말이다.

정보화 사회 다음에 오는 드림 소사이어티(Dream Society)에서는 감성과 꿈, 이미지(image)와 이야기(story)가 중심이 되는 새로운 경제·사회 패러다임이 형성된다. 이미지의 생산·결합·유통이 경제의 뼈대를 구성하며, 거기에 감성적 스토리가 덧붙여질 때 새로운 부가 가치가 창출된다는 것이다. 드림 소사이어티는 꿈과 이미지에 의해 움직이며, 경제의 주력 엔진이 정보에서 이미지로 넘어가고, 상상력과 창조성, 스토리 텔링(story telling)이 국가의 핵심 경쟁력이 된다는 것이다.

직관력과 상상력의 뿌리는 어린 시절에 완성된다. 어린 시절 약한 뿌리는 나중에 꽃을 피우고 열매를 맺을 수 없다. 동심과 시심詩心은 창조적 뿌리를 튼튼하게 살찌우는 최고의 자양분이다. 대자연 속에서 마음껏 뛰놀며 많이 느끼고 다양하게 체험할 때 동심과 시심은 활력을 유지한다. 죽은 것도 살아 움직이게 하는 창조자를 밀실에 가두고 타고난 상상력을 질식시키는 행위는 개인과 국가의 미래를 죽이는 폭거이다. 쉴 새 없이 학원으로 내몰리는 어린 영혼들이 너무 안쓰럽다.

한국의 정자, 상상력 발전소

한국의 산천은 정자가 있어 그 문화적 가치가 살아난다. 정자는 주변 경관을 즐기며 심신을 수양하기 위해 건립한 작은 규모의 건물이다. 그렇다고 정자가 실생활에 없어도 되는 비실용적 공간은 아니다. 정자는 만남과 휴식의 장소이자 지역 문화 창조와 학문적 영감을 얻기 위한 상상력 발전소다.

우리의 산과 강은 어머니의 젖가슴처럼 부드러운 곡선이 두드러진다. 산도 들판을 향해 그 자락을 천천히 흘러내리고 강물도 마을을 감싸주며 유유히 흐른다. 산과 강이 흘러가다 잠시 숨을 고르고 싶은 곳엔 정자가 있다. 한국의 정자는 중국이나 유럽처럼 위협적이거나 권위적이지 않다. 필요 이상으로 장식하는 일본의 정자와도 다르다. 정자는 생김새보다 자리 앉음새가 중요하다고 한다. 우리의 정자는 주변 산수와 비슷한 높낮이를 유지한다. 한국의 정자는 흘러가는 구름조차 자극하지 않으면서 자연과 함께 숨 쉬며 고요히 자리하고 있다.

'낙동제일강산洛東第一江山'이란 현판이 붙은 영벽정映碧亭 역시 오랜 세월 동안 지역민의 삶과 유리되지 않은 문화 공간이었다.

대부분의 정자는 건립연대와 관계없이 현재 진행형의 가치와 의미를 지닌다. 지금까지 남아 있는 각 지역의 대표적 정자와 그곳을 중심으로 서로 교류하던 인물들의 삶과 풍류, 학문을 살펴보는 것은 매우 중요한 현재적 가치를 가진다. 한류 문화가 전 세계적으로 영향력을 발휘하고 있는 오늘의 시점에서 한국의 정자는 또 다른 측면에서 주목할 필요가 있다. 우리는 한국의 정자를 새로운 관점으로 바라보며 현대적 가치와 활용을 생각해 보아야 한다. 지금 전 세계를 휩쓸고 있는 역동적인 한류에 누각樓閣과 정자亭子, 산사山寺와 고택古宅 등에 깃들어 있는 정중동靜中動의 정서, 여유와 치열함이 함께 작용하는 격조 높은 풍류가 결합한다면 한류는 철학적 깊이와 함께 새로운 영감과 동력을 얻게 될 것이다.

지금은 이론과 논리뿐만 아니라, 남다른 감성과 감각을 가진 조직과 개인이 치열한 생존 경쟁에서 살아남는 감성 시장의 시대다. 우리 조상들은 일찌감치 이 사실을 직감하고 산 좋고 물 좋은 곳에 정자를 지었다. 한국의 정자는 삶의 여정 곳곳에 서 있는 감성의 등대이다. 영벽정 또한 영남의 빼어난 감성 등대다.

모든 정자의 공통적인 요소는 산, 강, 숲, 바다, 호수다. 해, 달, 별, 바람, 구름도 빼놓을 수 없다. 낙동제일강산에 위치한 영벽정 역시 모든 정자가 가지는 공통 요소를 다 갖추고 있지만, 이곳에서 바라보는 산수풍경은 아름답고, 멋지고, 독특하다.

정자는 만화경과 같다. 기다란 거울 세 개를 60도 각도로 연결한 삼각기둥 내부에 색종이 조각을 넣고 돌려보면 신비롭고 환상적인 대칭 무늬가 무한대로 만들어진다. 어린 시절 동네 아이들이 한자리에 앉아 크기와 모양이 거의 똑같은 만화경을 만들지만, 각각의 만화경이 만들어내는 형상은 다 달랐다. 처음 만화경을 만드는 아이는 색종이를 찢어 넣는다. 경험이 쌓이면서 반짝이는 금속 조각, 색유리, 구슬 등 다양한 물체를 넣어본다. 만화경이 아이들에게 주는 최대의 교훈은 비슷한 내용물을 넣어도 똑같은 모양은 없고, 어느 누구의 것도 언제나 환상적인 무늬를 만들어낼 수 있다는 것이다. 만화경이 주는 황홀감과 신비감을 통해 아이들의 상상력은 활발해지며 섬세한 감각과 감성 지능이 향상한다. 이 경험으로 우리는 부지불식간에 다양성의 가치를 체득하게 한다.

인류학자 클로드 레비 스트로스의 책을 읽을 때 우리 머리에 떠오르는 것 중 하나가 만화경이다. 서로 달라 보이는 문명도 기본 요소들은 같다. 지역과 상황에 따라 서로 다른 모습으로 전개됐을 뿐이다. 이 세상에는 원시 문명도 선진 문명도 존재하지 않는다. 모든 신화 속에 들어있는 기본적 내용들과 근친혼 금지 같은 문명을 이루는 핵심 내용은 서로 같다. 같은 문제에 대한 대응과 표현의 차이가 있을 뿐이라는 말이다.

레비 스트로스는 미개인이라고 해서 생각하지 않는 것이 아니라고 했다. 그들의 사상도 우리의 사상에 뒤지지 않는다. 서구의 사상은 항상 분명한 설명과 논증을 요구하지만, 그들은 사상을 주무르고 조작하기 때문에 감각이 도주하고 만다. 반대로 미개인은 개념과 추상이 아니라 감각과 색채, 느낌과 경험으로 배우고 움직인다. 그는 『슬픈 열대』에서 자신과는 다른 삶의 방식을 가지고 있는 사람들을 야만적이고 비합리적이라고 낙인찍는 서구인들의 오만과 폭압을 질타하며, 그들이 황폐하게 만든 열대 원주민 사회를 보며 느낀 말할 수 없는 슬픔과 우울을 잘 묘사하고 있다. 그는 인간 본성을 찾기 위해 길을 떠나는 사람은 자신의 배를 태워버리지 않으면 안 된다고 강조했다. 그는 기독교와 불교가 접촉했더라면 서구 문명은 훨씬 더 유연해졌을 것이라고도 말했다.

만화경 속에 너무 많은 것을 넣으면 안 된다. 핵심적으로 중요한 것들만 적당하게 넣어야 갖가지 아름다운 모양이 창조된다. 여백의 공간이 없다면 만화경은 제 기능을 발휘하지 못한다. 감성과 감동, 색깔이 없는 메마른 지식 조각은 아무리 조합해도 아름다운 예술과 차원 높은 학문이라는 독창적인 창조물을 생성할 수 없다.

정자를 지탱하는 두 기둥은 단순과 여백이다. 정자라는 만화경에서 몸과 눈의 높낮이를 조절해 보라. 강과 달, 강물과 낙조, 별과 바람, 무심한 강과 유심한 나, 때론 삶의 허망과 진실, 눈 내리는 겨울 강과 기러기 등을 넣고 정자에 몸을 맡긴 채 마음의 눈을 돌려보라. 다양한 조합이 만들어내는 신비로운 경이를 경험하게 될 것이다.

아암 윤인협과 영벽정

영벽정의 현주소는 대구광역시 달성군 다사읍 문산리 405번지다. 영벽정 건립 당시 문산은 행정구역상 대구부大丘府 하빈현河濱縣 하남면河南面이다. 관련 기록은 영벽정 아래쪽에 행탄杏灘이라는 여울이 흘렀다고 한다. 행탄의 위치는 현 매곡 취수장이 있는 곳으로 추정된다. 행탄은 경지정리 과정에서 지하로 스며들어 지금은 그 흔적을 찾을 수가 없다. 영벽정은 건립 당시에는 강바닥이 지금보다 훨씬 낮았고, 아금암이라는 꽤 높은 벼랑 위에 위치했다. 지금도 계단을 조금 올라가야 한다.

이곳에 정자를 지은 사람은 지역 토박이가 아니었다. 영벽정은 대구 문산 입향조인 윤인협(1541~1597) 선생이 1573년(선조 6년)에 건립했다. 그는 1541년(신축년, 중종 36년) 5월 20일 한성(서울)에서 태어났다. 선생의 자는 덕심德深 호는 아암牙巖이며 파평坡平 윤씨尹氏다. 그의 집은 조상 대대로 공훈과 벼슬을 이어온 명문가였다. 아암牙巖의 고조부는 윤은尹垠인데 참의參議를 지내고 좌의정左議政에 추증되었고 영천부원군鈴川府院君에 봉해졌다. 조부는 상주 목사를 지낸 윤탕尹宕이다.

그는 타고난 자질이 남다르게 순수하였고 일찍 문예를 성취하였다고 한다. 그는 자라면서 자기 수양과 공부에만 힘을 썼다. 세상에 나가 벼슬 얻는 것은 달가워하지 않았다. 그의 집안 많은 사람이 나라에 공을 세우고 고관대작이 되어 당대 높은 지위에 올랐지만, 그는 탁 트이고 풍광 좋은 곳에 늘 마음을 두었다. 시간이 흐를수록 그는 시례詩禮의 학문에 깊이 젖었다. 문장은 성균관에서 봉황이 춤을 추듯 뛰어나 선조宣祖의 성대한 시대에 진사가 되었다. 그는 문벌이 빛을 발할 때 홀로 먼 고장에서 살 생각을 품었다. 공명功名의 굴레를 벗어나서 강호에 몸을 숨기고 훌쩍 속세 밖으로 멀리 벗어날 생각을 한 것이다.

그는 20세에 부친을 모시고 상주尙州 목사로 있던 조부 윤탕의 임지를 방문했다. 그때 영남의 경치 좋은 산수를 두루 유람하다가 마음을 흡족하게 하는 산수가 있어 강하게 끌렸다. 그곳이 바로 대구 하남河南 낙동강 가 아금암牙琴巖 아래다. 그는 영남의 순박한 풍속을 사랑하여 마침내 시골에 집터를 잡았다고 했다. 그는 아암牙巖을 호를 삼고, 아금암牙琴巖 아래 행탄杏灘에 정자를 짓고 편액을 영벽暎碧이라고 하였다. 주희朱熹의 시 '관서유감觀書有感'에 나오는 구절 "하늘빛과 구름 그림자가 함께 배회하네(天光雲影共徘徊천광운영공배회)"에서 뜻을 취한 것이다. 이 정자는 멀리 가야산伽倻山을 바라보고 있으며, 비슬산琵瑟山 봉우리가 행자탄杏子灘과 백련포白蓮浦를 굽어보고 있다. 이곳은 구름이며 안개며 물고기며 새들이 호탕하게 떴다 가라앉았다 한다. 그는 근처에 공부하는 서재를 짓고 존성재存誠齋라 불렀고 움집은 문선와聞善窩라고 했다. 그는 그곳에서 시를 읊고 경서經書, 사서

史書를 읽으면서 스스로 즐기는 삶을 살았다.

그는 향촌에 강학소를 두고 학문을 연구하던 임하林下 정사철鄭師哲, 송계松溪 권응인權應仁 등의 학자들과 친하게 지냈다. 그들의 우정은 "매번 꽃피는 봄철이나 단풍 드는 가을철을 만나면 문득 함께 배를 타고 강물을 따라 오르내리면서 유유자적하여 자못 늙음이 장차 이르는지도 몰랐으니, 그 맑은 절조와 풍류, 운치는 족히 쇠퇴한 풍속을 경계할 만하였다"라는 기록으로 남아 있다. 함께 교유한 분들은 모두 영남 좌도의 고상한 선비들이라 도의道義로 서로 절차탁마切磋琢磨하고 시문을 함께 주고받으며, 사계절 경치 좋을 때면 작은 배를 타고 강을 따라 거슬러 가며 생선을 잡아 안주를 삼고, 죽순을 굽고 기장밥을 지어 먹으며 진솔한 풍취에 한적하고 여유로움을 얻었다고 한다.

정자가 건립될 당시 이곳 문산은 넓은 농경지와 광활한 백사장, 갈대숲이 어우러져 겨울이면 무리 지어 나는 기러기들로 장관을 이루었다고 한다. 4대강 개발로 강정고령보가 생기면서 주변 풍경은 옛날과는 확연히 달라졌다. 강으로 흘러 들어가는 행탄은 보이지 않고 하상河床도 드러나지 않으니 습지나 모래사장 같은 원래의 강 풍경은 다 물에 잠겼다. 원래 영벽정은 강바닥보다는 상당히 높은 위치에 있었다. 일본 강점기 제방 공사로 강폭이 좁아졌고, 지금은 강정고령보로 수위가 높아져 정자 발아래까지 강물이 차오른 모습이다. 현재 영벽정에서 바라보는 낙동강은 거대한 인공 호수 같은 느낌을 준다. 300살 넘은 회화

나무에게 옛날의 모습을 물어보지만, 나무 또한 말이 없으니 시판과 중수 기문 등으로 옛 풍경을 유추할 수밖에 없다. 현재 영벽정에서 동쪽으로 바라보면 강정보의 디아크가 눈에 들어본다. 주변이 잘 가꾸어져 있다. 거대한 호수 같은 강물이 만드는 새로운 풍경을 볼 수 있다. 강정보에서 영벽정에 이르는 강변은 특히 야경이 아름답다.

영벽정 벽면에는 상량문上樑文, 기문記文, 많은 시판詩板이 걸려있다. 임하林下 정사철鄭師哲(1530~1593), 낙애洛涯 정광천鄭光天(1553~1592), 백포栢浦 채무蔡楙(1588~1670), 전양군全陽君 이익필李益馝(1674~1751), 임재臨齋 서찬규徐贊奎(1825~1905), 면암勉菴 최익현崔益鉉(1833~1906), 우당愚堂 김수용金洙龍(1910~1972) 등 많은 시인묵객들이 이곳을 찾아 풍류를 즐기면서 글을 남겼다. 글을 남기는 전통은 400년이 지난 지금도 이어지고 있다.

■ 대담

언제 : 2022년 6월 23일(음력 5월 25일)

어디서 : 영벽정 대청마루

우회의 여유가 있을 때 많은 것을 포용할 수 있다. 세상의 아름답고 고귀한 것들 대부분은 곡선이다. 직선은 일방적으로 자르고 구분한다. 마음과 영혼을 움직일 수 있는 감동적인 작품은 곡선의 부드러움과 여유에서 나온다. 영벽정은 곡선과 우회, 느림의 미학을 구현하고 있는 영남의 대표적인 정자다. 정자는 젊은이들이 찾아와 휴식을 취하면서 과거 조상들과 대화하며 영감을 얻을 수 있는 살아있는 공간이 될 수 있다. 현재와 과거가 끊임없이 대화를 나누며 단절 없이 이어질 때, 오늘의 나를 알 수 있고 내일의 나아갈 방향도 분명하게 설정할 수 있다.

한국의 정자가 가지는 문화적 가치, 용도, 효용성 등을 생각하며 영벽정 설립자 아암 윤인협 선생과 가상 인터뷰를 진행했다. 이 대담을 통해 가치관의 혼돈 속에서 어렵고 힘든 삶을 살아가는 사람들, 특히 젊은이들이 현재와 미래에 참고할 수 있는 삶의 지혜를 얻게 되길 기대해 본다.

묵강默江 윤일현尹一鉉(이하 묵강): 선생님 반갑습니다. 오늘은 1541년 선생님께서 이 땅에 오신 날입니다. 대담 날짜를 오늘로 정한 이유입니다. 선생님께서는 1573년(선조 6년) 영벽정을 건립했습니다. 10년이면 강산도 변한다는데 400년이 넘었으니 엄청난 변화가 일어났습니다. 감회가 새로울 것 같습니다. 산천도 사람도 모든 것이 다 변했습니다. 선생님께 먼저 양해의 말씀을 드립니다. 저는 선생님이 살아계시던 시대부터 오늘에 이르기까지의 그 모든 역사를 선생님이 다 알고 계신다는 전제하에서 질문하려고 합니다. 또한 선생님이 동서양의 모든 역사와 철학, 문화사도 꿰뚫고 계신다는 가정 하에 이야기를 전개하려고 합니다. 독자들이 편하게 읽을 수 있도록 등장인물의 존칭은 생략하고 그냥 이름을 부르도록 하겠습니다.

아암牙巖 윤인협尹仁浹(이하 아암): 산자를 챙기고 기억하는 것도 힘들 것인데 아득히 먼 옛날 사람을 초대해주어 감사합니다. 나 역시 양해를 구하겠습니다. 내가 살던 시대, 내가 알고 있는 지식에 근거해 답하겠지만, 주로 사서(대학, 논어, 맹자, 중용)와 삼경(시경 서경 역경(주역)) 등 고전에 근거한 내용이 많을 것입니다. 일일이 그 출전은 다 밝히지는 않겠습니다. 너무 딱딱하게 접근하면 지루할 수 있고 자연스러운 대화를 방해할 수 있기 때문입니다. 저승이란 이승과는 차원을 달리하는 곳이기 때문에 한순간에 시공을 초월하여 모든 것이 통하는 곳입니다. 저승에서는 전 인류가 시간과 공간의 제약 없이 항상 서로 교류하며 통합니다. 그래서 생뚱맞을지 모르지만, 대화 중에 서양인과 그들의 생각을 인용할 수도 있습니다.

묵강: 낙동제일강산에 자리 잡은 낙동 풍류의 상징인 영벽정에서 선생님을 뵙는데 술 한 잔 안 올릴 수가 없네요. 선생님도 아시겠지만 달성군 유가면 밀양 박씨 종가에서 전승된 하향주입니다. 국화, 찹쌀, 누룩에 비슬산 맑은 물로 빚었고 술에서 연꽃 향기가 난다해서 붙여진 이름입니다. 1천1백 년 전통의 이 좋은 술이 경영난으로 더 이상 맛볼 수 없습니다. 이게 마지막 하향주입니다.

아암: 천년 넘게 이어온 고향의 명주銘酒가 명맥이 끊어지나니 참으로 안타까운 일입니다.

묵강: 그렇습니다. 조선 광해군 때 비슬산에 주둔하던 주둔 대장이 왕에게 이 술을 진상했더니, 광해군이 "독특한 맛과 향이 천하 약주"라고 칭찬했다는 말이 있을 정도로 유명한 술입니다. 『동의보감』에도 하향주는 "독이 없으며 열과 풍을 제거하고 두통을 치료하고 눈에 핏줄을 없애고 눈물 나는 것을 멈추게 한다"라고 기록되어 있습니다. 대구시나 달성군 차원의 보존책이 마련되면 좋겠습니다.

아암: 그렇게 되길 바랍니다. 술 좋아하는가요?

묵강: 거의 마시지 못합니다. 선생님, 술과 사람, 풍류에 관한 이야기를 좀 해 주십시오.

아암: 모든 것은 좋고 나쁜 측면이 있습니다. 술도 마찬가집니다. 사람들이 왜 술을 좋아하고 싫어하겠습니까. 술은 사람의 마음속 깊이 자리 잡고 있는 광기를 끄집어냅니다. 평소에 색시 같은 사람이 술만 마시면 아주 난폭하게 변하기도 하지요. 이런 사람은 주사酒邪를 조심해야 합니다.

어떤 사람은 주머니에 돈만 생기면 술을 마십니다. 미치지 않고서는 세상을 살아갈 자신이 없으니 그렇겠지요. 우리 내면 깊숙한 곳에 있는 광기는 인간 본성의 일부이기 때문에 저 강물처럼 자연스럽게 물 위로 올라왔다가 또 물아래로 잠기게 하면 강물처럼 즐겁게 노래하지만 억지로 가두어 억압하면 예기치 못한 순간에 엉뚱하게 분출합니다. 평소에 자신의 욕망을 지나치게 가둬 놓는 사람은 술을 마시면 '인간 이하'의 처신을 하게 되고, 마음의 문을 열어 두고 감정을 지나치게 억압하지 않는 사람이 술을 마시면 '인간 이상'으로 고양되어 시심詩心과 흥이 살아납니다.

고대 그리스의 심포지엄(향연)도 '함께 술을 마신다'는 뜻 아닌가요. 같이 술을 마시며 철학을 논하고 세상사를 토론했을 것입니다. 술기운은 인간의 이성을 약화해 광기가 아름답게 피어 오르게 하지요. 술은 인간의 오만을 부추기기도 하고 다스리기도 합니다. 술은 인류 최고의 발명품이라 할 수 있어요. 술은 물로 된 불이 아닌가요. 겉보기에는 물이지만 속으로 들어가면 불꽃을 일으켜 사람을 훨훨 타오르게 하지 않습니까. 술은 우리를 신선이 되게 하지요. 술은 우리 내면에 있는 창의력을 부추겨 문학예술을 생산하게 합니다. 친한 벗과 술을 마시면 위선과 차가운 이성은 약화하고 광기와 예술적 영감이 힘을 발휘하게 되지요. 평소 내면의 열정과 광기를 잘 다스리지 못 한 사람은 술을 마시면 그 광기가 괴물이 되어 밖으로 나오게 됨을 명심해야 합니다. 이 정자에서 같이 술을 마시던 멋진 벗들이 생각납니다. 술은 잘 배울 필요가 있습니다. 같이 한 잔 죽 들이키고 이야기해요.

묵강: 선생님께서는 명문대가의 자손입니다. 바로 윗대가 모두 대단한 지위에 있었다는 사실은 자료를 통해 알 수 있습니다. 그런데도 선생님께서는 진사만 하시고 그 이상의 벼슬에 대한 미련을 버리신 이유가 궁금합니다.

아암: 내 조부 윤탕은 조선조 통례원 좌통례를 지낸 사하師夏의 다섯째 막내아들이었어요. 조부께서는 연산군 때 진사급제를 하셨지만 전시殿試는 보지 못한 상태에서 당숙인 필상공弼商公의

피화被禍에 연루되어 강원도 안협安峽(지금의 철원)으로 귀양 가는 비운을 겪으셨습니다. 중종반정으로 신원伸寃(복권)되었고, 1507년(중종 2년)에 대과에 급제하셨지요. 연산조 때 무오사화, 갑자사화, 중종 때 기묘사화, 명종 때 을사사화를 거치면서 연루된 선비들 상당수가 처참하게 죽거나 귀양을 갔습니다. 나는 피비린내 나는 권력 투쟁을 듣고 보며 젊은 날부터 현실 정치에는 상당히 회의적인 생각을 하고 있었습니다. 나는 어릴 때부터 책 읽고 글 쓰는 것을 더 좋아했습니다.

묵강: 능력 있고 재능 있는 사람이 모두 물러나 초야에 묻힌다면 이는 국가적으로도 손해이고 백성들에게도 불행한 일이 아닌가요?

아암: 타고난 천성을 거슬러 살기는 어렵지 않나요. 숨 막히는 긴장과 모험을 좋아하는 사람도 있고 붐비는 저잣거리에서 물러나 생각에 잠기기를 좋아하는 사람도 있습니다. 내 조부 탕 어른께서는 귀양 후 복권되어 대과에 급제하고 현실 정치에 들어가 훌륭한 목민관이 되었고, 탕건을 처음 고안하기도 했습니다. 사람마다 성향이 다릅니다. 내가 들은 이야기와 내가 보고 느낀 현실이 나를 현실 정치에서 한발 물러나게 했지요. 어느 시대, 어느 나라에서나 적극적으로 현실정치에 참여하는 사람이 있고, 물러나 학문과 문학을 즐기며 현실정치가 이상적으로 흘러가도

록 간접적으로 참여하는 사람이 있습니다. 나에게는 권력 욕구보다는 문학적 감수성과 학문적 열정이 더 앞섰다고 볼 수 있습니다.

묵강: 좀 당돌한 질문일 수 있는데 용서해 주시기 바랍니다. 개인적인 생각입니다만, 진사라는 벼슬이 참 어정쩡한 것 같습니다. 양반으로 행세하면서도 정사에 나서지 않고 무위도식하는 벼슬 아닌 벼슬이라는 생각도 듭니다.

아암: 무위도식이 나쁜 것인가요? 어떤 형태의 무위도식이냐가 문제지요. 출세 욕심을 버리고 초야에 묻혀 지역민들에게 삶의 모범을 보여주는 학자는 농사로 치면 기름진 논과 밭에 해당합니다. 근본 토양이 건강하고 비옥해야 현실 정치가 꽃을 피우게 됩니다. 지방 유림들은 그 지역민을 교화하면서도 국난을 당했을 때는 앞장서서 싸우는 사람들이 많지 않았나요? 모두가 나서서 정치를 할 수는 없어요. 지역의 선비들이 어쩌면 가장 생산적인 지식인이라 할 수도 있습니다. 어느 누구도 밥만 축내는 무위도식자는 없었습니다. 지역 선비들과 학자들 중에는 발랄한 재주와 참신한 발상을 가진 괴짜가 많았지요. 그들이 이룩한 학문, 문학과 예술이 나라를 지탱하는 힘이 되었다고 할 수 있습니다.

묵강: 아무 연고도 없는 이곳 문산리로 조모와 부모님을 모시고 내려온 이유를 알고 싶습니다.

아암: 내 나이 스물에 부친을 모시고 상주 목사로 계시던 조부의 임지를 찾은 적이 있습니다. 그때 교남(영남) 일대를 유람했는데 영남의 기묘한 산수와 장엄한 풍광에 완전히 반했지요. 무엇보다도 영남의 순박한 풍속에 깊은 감명을 받았어요. 내가 본 영남 여러 곳 중에서 이곳 영벽정이 있는 하남리 일대가 최고였지요. 들은 넓고 땅은 기름졌습니다. 산과 강을 즐기며 고기잡이와 나무하는 기쁨이 그 무엇과도 바꿀 수 없었지요. 나는 1568년(선조 1년)에 진사시에 합격했습니다. 권력투쟁과 모함이 난무하던 한양을 떠나고 싶었습니다. 젊은날 내가 점찍어 둔 이곳 하남리로 1571년 조모와 부모님을 모시고 무작정 내려왔지요. 조부 탕의 묘소가 연천에 있고, 좀 떨어진 파주에서 시조 신달 공께서 탄생하셨습니다. 파주에 문산이란 지명이 있어요. 나는 여기 하남리에 자리 잡으면서 이곳을 제2의 고향으로 삼으려고 여기도 문산이라 불렀습니다. 그래서 지금의 문산리가 생겨났습니다.

묵강: 영벽정을 건립하게 된 특별한 동기가 있으신지요? 건립 당시 이곳 풍경은 어떠했는지요?

아암: 내가 28세에 진사에 오르고 31세에 여기 하남리로 왔습니다. 나는 한양과 하남리를 오가며 살았습니다. 내 나이 33세(1573년 선조 6년) 때 이곳 하남리 행탄 위 아금암에 정자를 지었습니다. 하늘의 맑은 빛과 구름의 그림자가 같이 배회한다는 뜻을 취해 영벽정이라고 이름 지었습니다. 그 당시 여기는 십 리 푸른 강이 동서로 길게 띠를 두른 듯 뻗쳤지요. 아지랑이 피어오르는 절벽과 바람을 타고 유유히 떠가는 돛단배가 있는 이곳은 진실로 낙동제일강산이었습니다. 이곳에 올라 벗들과 친목을 도모하며 시를 지으면 지는 해도 멈출 정도였지요. 여기 서서 보세요. 저 멀리 가야산과 비슬산 봉우리가 신비롭고 기이한 모습으로 다가오지 않는가요. 이곳에선 구름과 연기, 고기와 새가 자유롭게 뜨고 가라앉았지요. 넓고 맑음이 텅 비어 있음과 절묘한 조화를 이루는 절경이지요. 군자가 은둔하기에 이보다 좋은 장소가 있을까 싶었습니다.

묵강: 영벽정에 앉아 저 강물과 산을 바라보면 정자는 단순히 휴식을 취하며 모여 노는 곳이 아니라는 생각을 하게 됩니다. 아주 치열한 자기 수양의 공간이기도 한 것 같습니다. 학문과 삶을 대하는 자세와 마음이 어떠하셨는지 알고 싶습니다.

아암: 『논어論語』 맨 첫 부분 학이學而를 생각해 보십시오. "배우고 그것을 때에 맞게 익혀 나가면 기쁘지 않겠는가? 벗이 먼

곳에서 찾아오면 어찌 즐겁지 않겠는가? 남들이 알아주지 않아도 노여움을 품지 않으면 군자답지 않겠는가?" 이 말은 공자님이 생존해 있던 당시나 내가 살던 시대, 묵강과 마주 대화를 나누고 있는 지금, 이 순간에도 고루한 말이 아닙니다. 진리는 시간과 공간을 초월하여 항상 현재성을 가지는 것 아닌가요.

나는 공자님 가르침 중에서도 '학이불사즉망學而不思則罔, 사이불학즉태思而不學則殆' 구절을 좋아합니다. 배우기만 하고 생각하지 않으면 얻음이 없고, 생각만 하고 배우지 않으면 위태롭다는 뜻이지요. 배우기만 하고 생각하지 않으면 진정한 학식을 얻을 수 없어 공허하고, 생각하기만 하고 배우지 않으면 독단과 오류에 빠질 위험이 있으니 위태롭다는 뜻입니다. 얼마나 좋은 말인가요. 예전에도 그랬지만 우리는 항상 배우면서 생각하고, 생각하면서 배워야 합니다.

두루 경험하면서 시행착오를 통해 이론과 실천을 조화시키는 방법을 찾아야 합니다. 이 말도 해주고 싶어요. 자공이 공자님께 "가난해도 아첨하지 않으며, 부유해도 교만하지 않으면 어떻습니까?"라고 물었는데 공자님이 "괜찮다. 그러나 가난해도 도를 즐기고, 부유해도 예를 좋아하는 것만은 못하다"라고 답했지요. 공자님은 "남이 자기를 알아주지 않는 것을 근심할 것이 아니라, 내가 남을 알아보지 못할까 근심해야 한다"라고 하셨습니다. 이런 말들을 고루하거나 진부하다고 할 수 있겠나요. 만고불변의 진리지요. 나는 정자에 앉아 자주 공자님의 말씀을 생각했어요. "군자는 글로써 벗들을 모으고, 벗으로써 자신의 어진 덕성을 기른다" 나는 좋은 사람들을 만난 것을 천복이라 생각하며 살았습니다.

묵강: 요즘 부모는 아이가 혼자 틀어박혀 책은 읽지 않고 컴퓨터와 휴대전화에 탐닉하는 자녀들에 대해 걱정을 많이 하고 있습니다. 아이들을 어떻게 지도해야 하나요?

아암: 무엇을 좋아하는 정도가 도를 넘어 그것이 만든 가상세계로 현실을 대체해 버리고 스스로 그 안에 갇히는 사람들을 일본어로 '오타쿠'라고 합니다. 그들은 구체적인 삶의 현실은 뒤로 한 채 만화, 비디오 게임, 아이돌 스타, 인형 모으기, TV 보기 등과 같은 특정 생활에 병적으로 집착하며, 자신만의 가상세계에 몰두합니다. 일본에서 오래 생활한 프랑스 기자 에티엔 바랄이 쓴 『오타쿠-가상세계의 아이들』은 컴퓨터 문제로 고민하는 우리 부모들이 한 번 읽어볼 만한 책으로 우리에게 많은 것을 시사해 줍니다.

저자는 '공부하라, 일하라, 소비하라'란 절대명령이 일본 사회를 지배하고 있다고 지적합니다. 그는 표면적인 안락함에도 불구하고 냉혹한 경쟁에 직면해야 하는 많은 젊은이들이 어른들의 생산 사회에 들어가는 대신 가상의 세계나 유년의 놀이문화에 남기를 택한다고 분석합니다. 심리적 퇴화 또는 자폐 증상에 가까운 오타쿠는 일본 사회의 모순이 빚어낸 희생자이자 이탈자라는 것입니다. 그것은 개인보다 집단의 이익을 앞세우는 일본 정신과 억압적인 학교 교육에 학대당한 젊은이들이 스스로 선택한 생존 방식이라는 것입니다. '현실보다 상상의 세계가 더 좋다. 나를 인정해 주지도 않는 사회의 규약들은 지켜서 무엇 하나' 라는 한 오타쿠의 외침은 우리 젊은이들에게도 그대로 적용할 수 있습니다. 저자는 '튀어나온 못은 두들겨야 한다'는 일본 속담을 상기시키며 '튀어나온 못'의 고뇌와 고통은 외면한 채 그냥 돌출부를 두드려 박아 넣으려는 피상적인 조치는 근본적인 해결책이 될 수 없다고 강조합니다. 우리도 이제 전문가들이 나서서 차근차근 설명하며 아이들을 바깥 세계로 나오게 해야 합니다. 인류 역사에서 디지털 세계가 물 위에 솟아오른 빙산이라면 그 빙산을 바치고 있는 밑둥치는 아날로그적인 것이라는 사실을 납득시켜야 합니다. 아날로그적인 교양이 전제될 때, 디지털 영역에서 경쟁력을 가질 수 있다는 점을 분명히 인식시키고, 고전 작품을 읽으며 인문적 교양을 쌓도록 분위기를 조성해야 합니다.

컴퓨터 때문에 무조건 화를 내거나, 충분한 설명 없이 컴퓨터를 금지시키는 조치는 문제 해결에 별로 도움이 안 됩니다. 그들이 안고 있는 문제를 그들의 입장에서 접근해야 합니다. 무조건적인 억압과 맹목적인 강요로 튀어나온 못을 임시방편으로 박아 넣으려고만 한다면, 아이들은 더욱 말문을 닫고 자기만의 폐쇄된 세계로 들어가 버릴 것입니다. 부모가 먼저 가슴을 열어야 아이도 마음의 문을 열 것입니다.

묵강: 저는 한국의 정자가 상상력 발전소라고 생각합니다. 상상력이 중요한 이유를 좀 설명해 주십시오.

아암: 아난트 인도공과대학 총장이 2008년 서남표 KAIST 총장과의 대담에서 "상상력에 더 많은 투자를 해야 아시아 인재들이 글로벌 경쟁력을 갖는다. 서양의 과학은 데이터를 모으고 이를 정리해서 모델을 만들어 실험하고 검증하는 방식이었다. 하지만 이런 서양의 방식은 너무 오래 세계를 지배했다. 아시아는 서양에 부족한 직관(intuition)이란 게 있다. 현대적 용어로 말하면 상상력이다. 그런데 아시아에서는 아이들에게 상상력을 자제시키면서 충분한 투자를 하지 않았다. 여기에 보다 많은 투자가 필요하다"라고 말하며 상상력을 강조하지 않았나요. "아시아 사람들은 서양에 의해 이미 증명돼 있는 문제를 좇으려고 하는 경향이 있다. 우리는 우리만의 문제를 찾고 그것을 풀어 나가야 한다. 우리가 알고 싶은 것, 우리가 발전시키고 싶은 것, 그리고 우리가 만들고 싶은 것에서 학문을 시작할 필요가 있다" 서남표 총장이 덧붙인 말도 귀담아 들었습니다.

정보화 사회 다음에 오는 드림 소사이어티(Dream Society)에서는 감성과 꿈, 이미지(image)와 이야기(story)가 중심이 되는 새로운 경제·사회 패러다임이 형성됩니다. 이미지의 생산·결합·유통이 경제의 뼈대를 구성하며, 거기에 감성적 스토리가 덧붙여질 때 새로운 부가 가치가 창출된다는 것이지요. 드림 소사이어티는 꿈과 이미지에 의해 움직이며, 경제의 주력 엔진이 정보에서 이미지로 넘어가고, 상상력과 창조성, 스토리 텔링(story telling)이 국가의 핵심 경쟁력이 된다는 것입니다. 이미지를 포장하여 수출하는 한류韓流는 한국이 드림 소사이어티 1호 국가임을 보여준다고도 했습니다.

안대회 교수의 저서 『선비답게 산다는 것』에 나오는 한 대목을 읽어 봐요. 조선시대에는 어린이가 쓴 한시를 동몽시童蒙詩라고 불렀습니다. 광해군이 신임하던 무인武人 박엽이 어렸을 때 할아버지가 어느날 등불을 켜라고 하고는 손자에게 시를 한 번 지어 보라고 했어요. 박엽이 즉석에서 시를 지었는데 한 구절만 남아 전해집니다. '등불이 방안으로 들어오자 밤은 밖으로 나가네(燈入房中夜出外)' 안 교수는 소년의 깨끗한 영혼이 빚어낸 자연스러우면서도 재치 있는 표현에 감탄하며 어린이에게는 죽은 것도 살아 움직이게 하는 능력이 있다고 했습니다.

직관력과 상상력의 뿌리는 어린 시절에 완성됩니다. 어린 시절 약한 뿌리는 나중에 꽃을 피우고 열매를 맺을 수 없어요. 동심과 시심詩心은 창조적 뿌리를 튼튼하게 살찌우는 최고의 자양분입니다. 대자연 속에서 마음껏 뛰놀며 많이 느끼고 다양하게 체험할 때 동심과 시심은 활력을 유지됩니다. 죽은 것도 살아 움직이게 하는 창조자를 밀실에 가두고 타고난 상상력을 질식시키는 행위는 개인과 국가의 미래를 죽이는 폭거입니다. 쉴 새 없이 학원으로 내몰리는 어린 영혼들이 너무 안쓰럽지 않나요.

묵강: 요즘 젊은이들은 치열한 생존 경쟁 속에서 너무 힘겹게 살고 있습니다. 경쟁 사회를 현명하게 살아가는 방법에 대해 말씀해 주십시오.

아암: 공자님은 "군자는 다툴 일이 없으나, 만약 있다면 반드시 활쏘기 시합하듯이 한다. 겸손하게 읍揖(인사하는 예禮의 하나. 두 손을 맞잡아 얼굴 앞으로 들어 올리고 허리를 앞으로 공손히 구부렸다가 몸을 펴면서 손을 내린다) 하고 사대射臺에 오르고, 내려와서는 진 사람에게 벌주를 마시게 하니, 그러한 경쟁 방식이 군자답다"라고 했습니다. 군자는 사양함과 겸손함을 중요하게 여겼지요. 활쏘기 같은 무예는 비교하는 시험이기 때문에 누구나 이기려는 생각을 하게 됩니다. 다투지 않을 수 없을 때도 예를 갖추는 게 중요하지요. 오르내릴 때 사람들에게 읍을 하고 승부가 결정되면 진 편이 벌주를 마셨지요. 불가피하게 경쟁해야 할 때도 예를 갖추면 적을 만들지 않고 결정적인 순간에 반대 진영도 내 편에 서게 할 수 있습니다.

살벌하다고 할 정도로 긴박감을 느끼게 하는 이 무한 경쟁의 시대에 어떻게 살아야 할까요? 나는 경쟁심이 업무의 효율을 끌어올리고 삶을 생기 있게 만들며 생활을 재미있게 해 줄 수 있는 요소가 될 수 있다고 생각합니다. 질투는 경쟁의 부산물이지만 때로 질투심은 사람을 진보하게 만드는 동력이 될 수도 있습니다. 경쟁을 무조건 나쁘다고 가르쳐서는 안 된다고 생각합니다. 지금 이 세상은 모든 것이 사생결단이지요. 한번 잘 살펴보세요. 교육이 경화되어 유연성을 상실하게 될 때 기존의 선망받는 직업에 모든 인재가 벌떼처럼 달려듭니다. 의사 지망생과 고시 지망생이 이렇게 많다는 것은 사회가 그만큼 경직되어 있다는 증거지요. 지금 대학가에는 비록 탁상공론이라 할지라도 진보적 유토피아, 새로운 가치와 윤리, 국가와 민족의 장래 같은 거시적 담론은 사라지고 맹목적 소비주의, 고시 열풍과 같은 계산적 합리주의, 일상의 허무와 무의미에서 탈출하려는 육체적 쾌락주의 등이 모든 논의에서 헤게모니를 장악하고 있지 않나요? 결과중시주의는 필연적으로 한탕주의와 기회주의자들을 양산합니다. 이런 환경에서는 진정한 배움의 기쁨이나 평생 가슴에 남게 될 진한 감동 따위는 들어설 여지가 없어요. 정해진 몇몇 자리를 위해 치열한 소모적 경쟁을 벌이기보다는 스스로 새로운 '자리'를 창조하려는 분위기가 넘쳐흐를 때 그 사회는 젊어지고 탄력성이 유지됩니다. 나보다 앞서가는 사람을 시샘하고 다른 사람이 차지하고 있는 '자리'를 탐하기보다는 자신의 '햇볕'을 지키고 즐길 줄 아는 고대 그리스의 디오게네스적 인간형이 존경받는 풍토를 조성해야 합니다. 새로운 자리를 창조하고 그 공간을 의미 있게 확장할 줄 아는 열정적인 삶, 그 과정에서 겪게 되는 경쟁과 긴장을 즐길 수 있으면 좋겠습니다.

묵강: 진사 어른께서는 이 정자에서 홀로 또는 동료 학자들과 고담준론을 펼쳤고, 수많은 시인묵객들과 저 유유히 흐르는 강을 바라보며 사색에 잠겼을 것입니다. 보고 듣고 말하는 것이 생산적이 되려면 어떻게 해야 합니까?

아암: 『대학大學』에 자신을 수양, 수신한다는 것은 마음을 바르게 하는 것이란 내용이 있어요. 마음속에 노여움, 놀라서 무서워하는 것, 지나치게 좋아하고 즐기는 것, 근심 걱정 등이 있으면 바른 마음을 얻을 수 없다고 했습니다. 또 마음이 다른 데 가 있으면 무엇을 보고 들어도 실상을 파악하지 못합니다. 대학에 '심부재언心不在焉, 시이불견視而不見, 청이불문聽而不聞, 식이부지기미食而不知其味'란 구절이 있어요. '마음이 없으면 보아도 보이지 않고, 들어도 들리지 않으며, 먹어도 그 맛을 모른다'는 말입니다. 마음에서 우러나오고 간절하지 않으면 본질에 이를 수 없다는 말이지요. 마음에 없으면 음식을 먹어도 맛을 모르지 않나요. 인용한 한문을 잘 보세요. 두 개의 '보다(視, 見)와 두 개의 듣다(聽, 聞)가 있습니다. 마음에 없이 건성으로 보고 듣는 것은 '시청視聽'이라 하고 마음에 두고 보고 들어 내가 성장하고 깊어지게 되는 것은 '견문見聞'이라 합니다. 예나 지금이나 건성으로 보고 듣는 것(시청)이 너무 많습니다. 내가 보고 듣는 것으로 내 학

식과 생각이 깊어지도록 견문見聞을 넓혀야합니다. 다시 강조하지만 자연과 사람을 대할 때 제대로 보고 듣도록 애써야 합니다. 공자님은 "사람이 도를 넓힐 수 있지 도가 사람을 넓히는 것은 아니다"라고 했습니다. 이 말은 사람이 도덕적 자각에 기초해 주체적이고 능동적인 실천을 해 나가야 하는 점을 강조한 것입니다. 공자님은 잘못하고도 고치지 않는 것이 가장 나쁘다고도 하셨습니다.

묵강: 달멍, 물멍, 숲멍, 노을멍 하다 보면 가야금이나 대금 독주가 어울릴 것 같지만 때론 재즈를 흥얼거리기는 자신을 발견하고 놀라기도 합니다.

아암: 재즈 좋지요. 가야금이나 거문고, 대금의 정적이고 격조 높은 음악도 어울리겠지만, 영혼을 자유롭게 해방하는 재즈 음악이 때로 이 풍경에 더 어울릴 수도 있다고 생각합니다. 전통 음악과 클래식 음악이 정해진 형식과 규율에서 벗어나지 않으려고 자기 억압적인 구심력을 중시한다면 재즈는 끊임없이 밖으로의 일탈과 탈주, 자유를 갈망하는 원심력적 음악이라 할 수 있습니다. 정자란 구속에서 벗어나려는 마음과 더 통하니 재즈를 흥얼거리는 것은 매우 자연스러운 반응이라 할 수 있겠지요.

묵강: 선생님 말씀을 들으니 정자란 포스트모던을 추구하는

공간이라 할 수도 있겠습니다. 포스트모더니즘(postmodernism)은 근대주의(modernism)의 중앙집중과 이성중심주의에 대해 근본적인 회의를 내포하고 있는 사상적 경향의 총칭입니다. 탈중심적 다원적多元的 사고, 탈이성적 사고가 핵심이지요. 정자 자체가 중심에서 벗어난 변방의 다양성을 의미합니다.

아암: 정자란 집 밖, 탈 가정의 목적도 있고, 탈 중앙 정치하여 유유자적하며 음풍농월하는 공간이기도 합니다. 물론 일부 사람들처럼 변방에 있으면서도 끊임없이 중앙정가를 갈망한다면 즐겁고 행복하지 않겠지요. 사정이 어떻든 초야에 있는 선비들이 중앙정치에 끼친 영향을 무시해서는 안 됩니다. 변방은 중앙의 무게 중심을 잡아주는 역할을 합니다. 이 세상 만물을 살펴볼 때 주변 없는 중심은 없어요. 주변과 중심은 독자적으로 존재할 수 없고 상호 연관성 속에 있어야 서로가 상생할 수 있습니다. 주변을 무시한 채 자기중심에 대한 성찰과 반성이 없다면 중심 자체가 위태로워집니다. 어느 시대를 막론하고 현재의 중심을 제대로 알고 바로 세우기 위해서 그 중심을 초월하는 다른 중심축을 가져야 합니다. 변방은 가장자리에 있으면서도 언제라도 새로운 중심축이 될 수 있는 가장 가변적이고 역동적인 곳이기도 합니다.

묵강: 저는 영벽정에서 아인슈타인을 생각하기도 합니다. 아

인슈타인의 제자들이 스승에게 "선생님의 그 많은 학문은 어디에서 나왔나요?"라고 묻자, 그는 손끝에 한 방울 물을 떨어뜨리며 "나의 학문은 바다에 비하면 이 한 방울 물에 지나지 않는다"라고 했습니다. "그러면 선생님은 어떻게 학문에 성공했나요?"라고 다시 묻자, 그는 'S=x + y + z'라고 써 주면서 "S는 성공이며, x는 말을 많이 하지 말 것, y는 생활을 즐길 것, z는 한가한 시간을 가지라는 뜻이며 이것이 성공의 비결"이라고 했습니다. 말을 많이 하면 실수가 있고, 한가한 시간이 없으면 고요히 생각할 시간이 없어 차분하게 이성적인 사색의 시간을 갖지 못하게 된다는 뜻입니다. 공부나 일이나 즐겁게 하지 않으면 생산성이 없다는 사실을 우리는 모두 경험으로 잘 알고 있습니다. 한가한 시간이 없으면 공부뿐만 아니라 다른 일을 할 때도 깊이가 없습니다. 인류문명의 발상지를 살펴보면 적어도 한 계절은 농한기가 있었습니다. 사철 내내 일만 해야 하는 곳에서는 문명이 발아되어 꽃 필 수 없었습니다. 여유가 있는 곳에서 문학과 예술, 훌륭한 사상과 철학이 나왔습니다. 생의 활기도 넘쳤고요.

여유를 가지고 생활을 즐기며, 말을 많이 하지 않으면서 사색을 즐기는 생활은 동서양이 공통으로 추구하는 미덕이라고 할 수 있습니다. 정자 문화와도 일맥상통한다고 할 수 있습니다.

아암: 정자에 머무는 동안만이라도 마음의 여유와 기다림에

대해 생각해 보세요. 밤잠을 설치며 노력해도 원하는 것을 성취하지 못한다면 누구나 삶의 활력을 잃게 되고 불안과 초조 때문에 머리가 아프고 가슴이 답답하게 됩니다. 그럴 때일수록 변화에 대한 확신을 가지고 느긋하게 기다릴 줄 알아야 합니다. 어떤 상황에서도 내가 원하는 방향으로 바뀔 것이란 확신, 노력한 만큼의 결과가 반드시 있으리란 확신을 가져야 합니다. '기다린다'는 것은 아름답고 슬픈 일입니다. 그것은 하나의 부조리이기도 하지요. 기다림에는 희망과 절망, 권태와 기대, 설렘과 희열이 있는가 하면 어둡고 답답한 환멸이 있기도 합니다.

묵강: 지금 이 땅의 젊은이들은 참으로 힘이 듭니다. 선생님 시절처럼 배는 고프지 않습니다. 그러나 오늘의 젊은이들은 그들 부모님 세대처럼 참고 인내하며 열심히 노력하면 자신의 꿈을 실현할 수 있는 것도 아닙니다. 방황하는 젊은이들을 위해 한 말씀해 주십시오.

아암: "원怨이 쌓이면 난亂을 만들고, 한恨을 승화시키면 문학·예술을 만든다"『사기史記』에 나오는 말입니다. 사마천司馬遷의 자서에 나오는 다음 글을 보면 이러한 사실을 분명히 알 수 있습니다.

"옛날 서백西伯(周文王)은 유리에 갇혀 있는 동안 『주역周易』을 만들었다. 공자는 진陳 나라에서 곤욕을 당했을 때 『춘추春秋』를 만들었다. 굴원屈原은 초나라에서 추방되자 『이소경離騷經』을 만들었다. 좌구명左丘明은 장님이 되고부터 『국어國語』를 만들었다. 손자는 다리를 잘리고서 『병법兵法』을 만들었다. 여불위呂不韋는 촉나라로 귀양가서 『여람呂覽』을 만들었다. 한비韓非는 진나라에서 사로잡힌 몸으로 『세난說難』, 『고분孤憤』 등의 문장을 만들었다. 『시3백詩三百』도 거의가 현인, 성인들의 발분에 의해 만들어진 것이다. 이렇듯 이 모든 것은 울굴한 마음의 소치이며, 그 울굴함을 풀길이 없어 과거를 돌이켜보고 미래를 굽어보게 된 것이다"

사마천 자신도 울굴한 마음을 이기지 못해, 자신의 한을 풀 수가 없어 『사기』를 쓰게 되었다는 심정의 고백으로 읽힙니다. 사마천이 47세 때 명장 이릉李陵이 흉노를 정벌하기 위해 출전했다가 오히려 적에게 사로잡혀 항복하는 사건이 생겼지요. 조정은 발끈 뒤집혔고 이릉을 역적으로 몰려는 움직임이 보였습니다. 의리가 강한 사마천은 가만있질 못했습니다. 이릉을 위해 변호했지요. 이릉의 가족은 멸족당하고 사마천은 하옥되어 궁형宮刑(남자의 생식기를 자르는 벌)을 받았습니다.

그는 50세에 출옥하여 이때부터 『사기』 저작을 본격화했습니다. 55세 때 『사기』가 완성되어 그 후에도 계속 보충하다가 56세에 이르러 완전히 절필하였지요. 무제의 미움을 샀기 때문입니다. 그는 무제가 죽은 뒤 2년을 더 살다가 서기전 85년에 62세를 일기로 세상을 떠났습니다. 사마천은 남근男根이 잘린 처량한 몰골로 밀실에 칩거하며 집필을 했습니다. 그는 먹을 갈고 붓끝을 씹으며 종이도 없는 그때 죽편竹片에 새기듯 글자를 써넣어 장장 몇만 편에 이르는 『사기』 1백 30권을 완성하였습니다. 최고의 사서이며 공자의 『춘추春秋』와 더불어 중국 고대의 사인私人이 저술한 가장 위대한 불후의 명저를 남긴 사마천, 얼마나 대단한 사람입니까.

오늘 우리 정치 상황을 생각하며 사마천이 『사기』를 집필할 때 염두에 두었을 것 같은 내면세계를 추측해 보는 것은 매우 의미가 있을 것입니다. 사마천은 역사를 움직이는 것은 정치적 인간이라고 파악했을 것입니다. 그러나 그 인간도 결국에는 심리적 인간이란 점에 중점을 두었던 것 같습니다. 맞으면 아프고, 찔리면 피가 나는 연약한 인간이 정치적 인간으로 화化하는 그 의미에 관해 그는 심각한 고민을 했다고 생각합니다. 정치적 인간으로 화함으로써 인간은 피도 눈물도 없는 비정한 존재가 된다는 점을 통찰하며 그는 인간의 역사를 쓰고 싶었을 것입니다.

기성세대는 젊은 세대들을 향하여 고생 안 해보고 굶어보지 않아서 매사에 인내심이 없고 결단력이 없다고 합니다. 젊은 세대들이 부모님 세대를 다 이해할 수는 없고 할 필요도 없습니다. 그렇다고 일부러 극단의 상황을 만들어 고행하듯이 세상을 살아갈 필요도 없어요. 그것은 바람직하지도 않아요. 그러나 동서고금을 막론하고 무엇을 탁월하게 성취한 사람들은 목표 달성을 위해 뼈를 깎는 아픔을 인내하며 처절하게 노력했다는 점은 기억할 필요가 있습니다. 그래서 사마천을 실례로 살펴본 것입니다.

물질적 환경이 풍요로워지면서 우리의 정신력이 다소 약화하였다는 말이 어떤 측면에서는 맞는 말입니다. 그러나 절대빈곤에서 벗어나면서 더 강해진 분야도 있을 것입니다. 일테면 한류 열풍을 주도하는 젊은이들을 생각해 보세요. 밥걱정 안 해도 되니 좋아하는 분야에 집중하고 몰입할 수 있지 않을까요. 어떤 상황에 있든 사람은 어딘가에 맺힌 데가 있어야 합니다. 살다가 문득 의지가 약해졌다고 생각되면, 역경을 슬기롭게 극복했던 위인들의 전기를 읽어보면 많은 용기와 힘을 얻을 수 있을 것입니다.

묵강: 독서에 관한 조언을 좀 해 주십시오. 우리는 왜 책을 읽어야 하며 또 어떻게 읽어야 합니까?

아암: 독서란 즐거워야 합니다. 물론 시험에 합격하고 정보를 얻기 위해 우리가 읽어야 하는 많은 책이 있어요. 그러나 그런 책으로부터 즐거움을 끌어내기란 불가능합니다. 우리는 단지 지식을 얻기 위해 그런 책을 읽지 않는가요? 지식을 얻기 위한 필요성이 지루함을 극복하게 해 주기만을 간절히 바랄 따름이지요. 우리는 그런 책을 즐겁게 읽기보다는 체념하고 읽지요. 그

런 독서는 내가 염두에 두고 있는 것이 아닙니다. 내가 말하고자 하는 책은 독자가 학위를 따는 데 도움을 준다거나, 생계 수단을 제공해 주는 그런 것이 아닙니다. 내가 말하고자 하는 책은 독자에게 더욱 충만한 삶을 살 수 있게 도와주는 것들입니다. 어떤 책도 독자가 재미있게 읽을 수 없다면 아무 소용이 없습니다. 모든 사람은 자기 자신이 읽는 책을 판단할 수 있는 최고의 비평가라고 할 수 있습니다. 학식 있는 사람들이 아무리 한목소리로 어떤 책에 찬사를 보내더라도, 독자 자신이 그 책에서 흥미를 느끼지 못한다면 아무 소용이 없어요. 우리의 비평사는 유명한 평론가들이 저질러 놓은 실수와 오류로 가득하다는 사실을 기억해야 합니다. 책을 읽고 있는 독자 자신이 궁극적으로 그 책의 가치를 평가하는 것입니다.

우리는 누구도 서로 똑같지 않고 다만 비슷할 뿐입니다. 따라서 나에게 많은 의미를 가지는 책이 너에게도 정확하게 똑같이 많은 의미를 가져야 한다고 생각하는 것은 잘못입니다. 걸작이란 그 책을 읽었기 때문에 내 삶이 더 풍요로워졌다고 느낄 수 있는 책이며, 내가 그 책을 읽지 않았더라면 현재의 내가 될 수 없었으리라 생각되는 책입니다. 어떤 책을 읽기 시작해서 진도가 척척 나가지 않으면 그 책 읽기를 그만두라고 말하고 싶습니다. 남들이 아무리 좋다고 해도 내게 소용이 없으면 가치가 없는 것이지요. 즐거움이 비도덕적이라고는 생각하지 마세요. 즐거움 그 자체는 좋은 것입니다. 즐거움이라는 것이 상스럽거나 관능적인 것에만 있는 것은 아닙니다. 그러나 즐거움 가운데는 지각 있는 사람들이 피하고 싶어 하는 것도 있다는 사실을 명심해야 합니다. 지적 즐거움이 가장 만족스럽고 가장 지속적이라는 사실을 깨달은 사람은 현명하다고 할 수 있습니다. 우리는 독서하는 좋은 습관을 배양하도록 노력해야 합니다.

젊은 날의 독서란 저수지에 물을 가두는 것과 같습니다. 장마철에는 이 골 저 골에서 많은 물이 흘러 들어와야 합니다. 흙탕물이라도 상관없어요. 세월과 더불어 정화되기 때문입니다. 여름날에 가득 채워 놓으면, 가을이 되면 스스로 깨끗해져서 맑은 물이 됩니다. 이때 수로를 따라 나오는 물은 여름날의 그 흙탕물이 아니지요. 그 호수만이 가지는 독특한 향기와 깊이를 가지는 물이 됩니다. 젊은 날 많은 책을 읽어두면 그 내용은 세월이 흐르면서 독특한 나의 것으로 바뀌게 됩니다. 그때 나의 입이나 글을 통해 표현되는 내용은 나만의 개성과 깊이를 간직하는 것이 됩니다.

묵강: 말씀 잘 새기겠습니다. 여기서 또 우리가 생각해 봐야 하는 것이 있습니다. 오늘의 영상 매체는 시각과 청각에 직접 호소하며 모든 것을 생동감 있게 전달하기 때문에 거부하기 어려운 매력을 가지고 있습니다. 영상 매체는 모든 것을 속전속결로 해결해 주기 때문에 사람을 지루하게 하지 않는 장점도 가지고 있습니다. 여기에 익숙한 아이들은 무엇을 진득하게 기다리

지 못합니다. 요즘 아이들은 눈과 머리와 몸을 긴장하게 하는 긴 글 읽기를 견디지 못합니다. 이들은 독서 대신 컴퓨터를 검색합니다. 이들은 쉴 새 없이 검색하며 권태로움을 해소하며, 대부분 정보는 취사선택의 과정 없이 일회용으로 소비한 후 그냥 배설해 버립니다.

많은 학자가 "영상 매체에 길들면 상상력이 고갈되고 창의력이 급격히 저하된다"고 말합니다. 이제 우리 사회는 영상매체가 활자매체를 압도하는 정도가 너무 지나쳐서 그 역기능을 더이상 방치할 수가 없는 지경에 이르게 되었습니다. 고전 작품을 인내하며 읽고, 명시를 음미하며 암송하는 행위 등 활자매체를 이용한 지적인 훈련을 통해서 지고한 정신의 희열을 경험하게 해야 합니다. 독서와 글쓰기는 상상력과 사고력의 지적 근육을 강화해 준다고 생각합니다. 한 편의 완결된 글을 써 본 사람은 글을 쓰는 행위가 왜 뼈를 깎는 아픔이고, 그 고통 끝에 나온 작품이 왜 무엇과도 바꿀 수 없는 성취감을 주는지를 압니다. 한편의 글을 완성하기 위해, 제기된 문제와 수많은 정반합正反合의 내적 투쟁을 벌이며, 치열하게 변증법적인 지양止揚의 과정을 거쳐 본 사람만이 찬란한 정신의 성숙에 이를 수 있다고 생각합니다.

세계 어디에서나 TV와 인터넷을 즐기는 학생의 성적이 좋지 않다는 조사 결과가 많이 나옵니다. 프랑스 지식인들이 왜 전국적인 초고속 인터넷을 반대했는지도 생각해 봅니다. 제4차 산업혁명이 급속하게 진행되는 미래 사회에서는 상상력과 직관력, 창의력을 가진 사람이 최후의 승자가 될 수 있습니다. 이런 능력을 배양할 수 있는 최고의 방법은 책 읽기와 글쓰기를 생활화하는 것입니다.

아암: 핵심을 잘 지적하고 있네요. 묵강 말처럼 책 읽기의 종착점은 글쓰기입니다. 글을 써야 자기 생각이 더욱 구체적으로 일목요연하게 정리됩니다. 생산 없는 독서는 궁극에는 허망하지요. 특히 젊은 날은 좋은 시를 읽고 암기하라고 말하고 싶습니다. 시는 창의력 배양을 위한 가장 강력한 수단이 될 수 있습니다. 여기 영벽정에 걸려있는 시판을 보세요.

묵강: 이 정자에는 시판이 가득합니다. 정자는 시 창작을 위한 공간이라고도 말할 수 있습니다. 이 자리에서 동서양의 시에 대한 관점을 생각해보지 않을 수 없습니다. 시는 문학의 정수입니다. 시는 메타포(metaphor, 은유)의 문학입니다. 영화 〈죽은 시인의 사회〉에 나오는 고교는 아이비리그 진학률 70% 이상을 자랑하는 입시사관학교입니다. 1950년대의 그 학교 이야기가 오늘 우리에게 그대로 적용됩니다. 아버지가 아들에게 강요하는 "넌 하버드에 들어가서 의사가 되어야 해, 의대를 졸업하게 되면 그땐 네 마음대로 해"와 같은 대사는 "명문대만 입학하면 모든 것 네 멋대로 해라"라고 말하는 우리 부모들을 떠올리게 합니다.

이런 학교에 발을 디딘 신임 교사 존 키팅은 첫 수업 시간에 학생들을 향해 '현재를 즐겨라(Carpe Diem)'라고 가르칩니다. 그는 책상 위에 올라가서 "내가 왜 이 위에 섰을까? 이 위에서는 세상이 무척 다르게 보이지. 잘 알고 있는 것이라도 다른 시각에서 보아라. 틀리거나 바보 같아도 반드시 해 보라"라고 가르칩니다. 그는 학생들에게 "말과 언어는 세상을 바꿔놓을 수 있다. 시가 아름다워서 읽고 쓰는 것이 아니고, 우리가 인류의 일원이기 때문에 읽고 쓴다"라고 말합니다. 그는 "시와 미, 낭만, 사랑은 삶의 목적이다"라고 강조합니다. 이 대사 역시 오늘과 내일의 우리에게 그대로 적용된다고 생각합니다.

조만간 맞이하게 될 노동 없는 시대 또는 노동 시간이 획기적으로 단축되는 시대에 의미 있고, 가치 있고, 재미있고, 창조적인 삶을 살길 원한다면 청소년기에, 아니 인생의 어느 시기든 상관없이, 반드시 시를 읽고 쓰는 훈련을 해야 합니다. 영벽정과 같은 한국의 정자는 젊은이들의 정서 순화와 시심을 위해 살아있는 공간으로 활용돼야 한다고 생각합니다.

아암: 시를 암기하고 시를 짓는 마음을 귀하게 여기는 풍토가 조성돼야 합니다. 이를 위해서는 교육이 바로 서야 한다고 생각합니다.

묵강: 모든 예술은 일차적으로 직관적, 정서적, 주관적으로

수용하는 것이 바람직하다고 생각합니다. 지나친 지적·논리적 접근은 작품이 가지는 예술적 생동감을 훼손할 수 있기 때문입니다. 루소는 "아동기에는 '감성 교육', 그 이후 소년기, 청년기까지는 '이성 교육'에 중점을 둬야 한다"고 말했습니다. 감성과 이성은 상호 배타적인 관계가 아니라 선후의 문제지요. 감성은 이성의 발달에 전제되는 기초이고, 이성은 감성의 성숙 단계이기 때문에 둘은 필연적인 협력관계에 있습니다. 교사는 학생에게 지식을 주입하기보다는 지적 호기심을 자극하여 진리 추구의 방법을 스스로 찾을 수 있도록 도와주는 것이 바람직합니다. 루소는 틀에 박힌 교육을 거부하고 개인의 잠재력과 개성을 그 무엇보다도 강조했습니다.

아암: 청소년기에는 차가운 이성과 논리보다는 섬세한 감성과 뜨거운 감동, 온몸을 전율하게 하는 도취의 경험이 중요합니다. 독서의 즐거움과 작품 읽기를 통해 감동을 맛보지 못한 아이들에게 딱딱한 논리와 형식적인 글쓰기를 가르치는 것은 옳지 않습니다. 가능성의 총체인 아이들에게 편협한 편 가르기와 흑백논리, 일방적인 가치관을 주입하면 그들을 정서적인 불구자로 만들 수 있습니다. 가슴 뭉클한 감동과 도취를 경험하지 않으면 그 어떤 합리성과 논리의 추구도 결국에는 피로와 권태로 이어지기 쉽습니다. 감동과 감성은 논리나 이성보다 깊고 긴 여운을 남깁니다.

묵강: 선생님께서는 집안을 엄격히 다스렸고 효성이 지극하셨다는 기록을 읽었습니다. 형제간의 우애가 각별하신 것으로 알고 있습니다. 여기 하남으로 오셔서도 한양에 오가며 형제간의 우애를 나누었습니다. 형이 일찍 세상을 떠나자 청상과부인 형수를 지극히 모시며 보호했고 조카들을 친자식 이상으로 돌보며 가르쳤다고 하십니다. 오늘의 의미에서 효를 좀 말씀해 주십시오.

아암: 예나 지금이나 효의 근본은 달라지지 않았다고 봅니다. 나 자신이 부모의 몸과 마음을 통해 이 땅에 오게 되었고 부모의 돌봄과 가르침에 의해 오늘의 위치에 이르게 되지 않았나요. 나를 있게 한 근본을 존중하고 귀하게 모시는 것은 지극히 당연한 일입니다. 유교에서는 효를 보편적 도덕의 원리로 인간 세상에서 가장 중요하고 기본적인 덕목으로 간주했습니다. 공자님은 "효라는 것은 인간의 모든 덕성의 근본으로, 부모를 섬기는 것에서 시작해 임금을 섬기는 것으로 진행되다가 결국은 자기 몸을 반듯하게 세우는 것으로 완성된다"라고 했습니다. 삼국시대부터 효에 관한 기록이 있었네요. 자신의 넓적다리 살을 베어 아픈 어머니를 공양했던 효자 '향덕 설화', 자신을 몸종으로 팔아 홀어머니를 모시려 했던 효녀 '지은 설화' 등이 있었습니다. 불교가 지배 윤리였던 고려 시대에도 효 사상은 이어져 왔습니다. 조선시대는 삼강행실도, 오륜행실도 등을 통해 효도의 기

강을 바로잡고자 했습니다. 효 사상은 시대에 따라 변하기도 했습니다. 율곡 이이와 퇴계 이황이 효 사상을 중요시하고 체계화했지만, 후대 실학자인 다산 정약용은 상식에서 벗어난 효행 이야기를 철저히 비판했습니다. 조선 후기 개항기 무렵에는 천주교와 서양 철학 사상의 영향으로 전통적인 유교 문화와 효 사상은 조금씩 관점을 달리하기 시작했습니다. 이후 '자식이 어버이를 봉양하는 물질적·정신적 효'와 '부모 세대와 젊은 세대가 서로 조화와 화해를 추구하는 효'가 동시에 추구되는 흐름이 지속되고 있지 않은가요. 지금은 과거에 비해 많이 약해졌지만 '효'는 여전히 우리 사회에서 중요한 덕목이자 주요 키워드 중 하나입니다. 어느 시대 어느 나라를 막론하고 부모 형제와의 좋은 관계는 인간으로서 행복의 원천입니다. 과거의 형식에 얽매이지 말고 어떻게 하면 부모 자식이 서로 행복할 수 있을까를 생각해야 하겠지요. 나는 효에서도 '같이 또 따로'의 조화가 필요하다고 생각합니다. 특히 부모의 역할을 강조하고 싶어요. 먹여주고, 입혀주고, 학교에 보내는 것만이 자녀에 대한 사랑의 표현은 아닙니다. 한 가정의 가풍, 부모가 가지는 건전한 철학이 중요한 것이지요. 나는 바람직한 효 사상을 확립하기 위해서는 부모 세대가 먼저 달라져야 한다고 생각합니다.

묵강: 아이들의 말이 너무 거칠고 품위가 없어 걱정입니다. 어떤 노인이 빵을 훔치다가 잡혀 와서 법정에 섰습니다. 판사가

왜 빵을 훔쳤느냐고 묻자 노인은 초라한 몰골로 눈물을 글썽이며 사흘을 굶고 나니 아무것도 보이지 않았다고 대답했습니다. 판사는 한참 생각에 잠겼다가 빵을 훔친 것은 절도 행위이므로 벌금 10달러에 처한다는 판결을 내렸습니다. 그런 다음 "그 벌금은 내가 내겠습니다. 그동안 좋은 음식을 너무 많이 먹은 죄에 대한 나 스스로의 벌금입니다"라고 말하며 판사는 자기 지갑에서 10달러를 꺼냈습니다. 이어서 판사는 "이 노인은 법정을 나가면 또 빵을 훔치게 되어 있습니다. 그러니 여기 오신 여러분들 중에서 그동안 좋은 음식을 많이 드셨다고 생각하시는 분은 조금이라도 기부해 주십시오"라고 말했습니다. 감동을 받은 방청객들이 모금에 동참했습니다. 1920년 당시 돈으로 47달러가 걷혔습니다. 훗날 뉴욕 시장을 세 번이나 연임한 라과디아 판사의 이야기입니다. 라과디아 판사가 '좋은 음식을 먹은 죄'라는 말 대신에 '불우 이웃 돕기' 또는 '가난하고 불쌍한 노인 돕기'라는 표현을 했다면 노인의 자존심을 상하게 했을 것이고, 방청객의 감동과 공감을 불러일으키지 못했을 것입니다.

미국의 국부 조지 워싱턴은 선거 없이 실질적으로 세 번이나 대통령에 추대된 인물입니다. 그는 10대 나이에 이미 정신적 귀족이 되기 위한 수칙을 정했습니다. '교양과 고결한 품행을 지키는 110가지 수칙'은 제수이트 교단의 수칙에서 따온 것입니다. 아직도 미국에서 출판되고 있는 그 수칙에는 "비록 적이라도 남의 불행을 기뻐하지 마라. 아랫사람이 와서 말할 때도 일어나

라. 저주와 모욕의 언사는 쓰지 마라. 남의 흉터를 빤히 보거나 그게 왜 생겼는지 묻지 말라" 등의 수칙이 있습니다. 품위와 품격이 있어야 존경을 받을 수 있고 권위가 생겨나는 법입니다.

그리스의 웅변가 데모스테네스는 타고난 말 재주꾼이 아니었습니다. 그는 선천적으로 말더듬이였고, 허약한 체질 때문에 말을 길게 이어가지도 못했습니다. 청년기에 들어설 무렵 아고라에서 첫 연설을 했을 때, 청중들은 그의 어눌함을 조롱하며 야유를 보냈습니다. 두 번째 도전에서도 그의 말에 귀를 기울이는 사람은 없었습니다. 그래도 그는 포기하지 않고 입에 조약돌을 물고 피나는 연습을 했고, 가파른 언덕을 달리다가 숨이 차오르기 시작하면 연설을 시작하는 훈련을 했습니다. 그는 마침내 뛰어난 웅변가가 되어 수많은 재판에서 이겼습니다. 그의 경쟁자였던 피데아스는 "당신의 웅변에서는 지난밤에 썼던 등잔불 냄새가 난다"라고 비웃었습니다. 즉석연설은 거의 없고 항상 미리 준비하여 말하는 데모스테네스를 비웃는 말이었습니다. 그는 "그러나 내 등잔과 당신 등잔의 밝기는 분명히 다르지 않소?"라고 응수했습니다. 그의 명연설은 항상 치열한 노력과 성실한 준비의 산물이었습니다. 데모스테네스는 유창성과 달변이 아닌, 철저한 준비와 진정성으로 당대를 평정한 웅변가가 되었습니다. 언어철학자 루드비히 비트겐슈타인은 "내 언어의 한계가 내 세계의 한계다"라는 표현으로 자신의 언어 철학을 전개했습니다. 이 말은 "내 언어의 한계를 확장하면 내 세계를 확장할 수 있다"

는 의미입니다.

묵강: 대화를 나누면서 거듭 한국의 정자 문화에 대해 많은 생각을 하게 됩니다.

아암: 『장자』의 소요유逍遙遊 글자를 하나씩 뜯어보세요. 문자 그대로 멀리 소풍가서 논다는 뜻이지요. 정자가 바로 그런 목적을 충족시켜주는 공간이라 할 수 있습니다. 우리의 삶은 소풍입니다. 앞만 보고 목표를 향해 쉴 새 없이 달리다 보면 일과 인간관계 등에서 무리하게 되고, 운이 나쁘면 사화士禍 등에 연루되게 됩니다. 장자는 사람이 태어나 진정한 자유를 얻기 위해서는 '무기無己(아집이 없음)', '무공無功(업적이나 성과에 대한 욕심이 없음)', '무명無名(명예에 대한 욕심이 없음)'의 경지에 도달해야 한다고 말했습니다. 사람은 자신을 잊어야 각종 의혹과 걱정에서 벗어날 수 있습니다. 업적이나 성과, 명예에 지나치게 욕심을 가지면 구속을 당하게 됩니다. 지식과 욕망의 질곡에서 벗어나야 자유로운 경지에 이르게 됩니다. 내가 중앙정치와 한양을 포기하고 내려온 이유도 여기에 있다고 할 수 있습니다. 힘들고 숨 막히지만, 주기적으로 자연을 찾아 소풍을 가야 합니다.

한국의 정자는 휴식과 만남, 일탈의 장소이면서 창조와 생성의 공간이라는 걸 후학들이 알면 좋겠네요.

묵강: 지금 대한민국은 역사상 가장 왕성하게 문화적 영향력을 전 세계에 발휘하고 있습니다. 소위 말하는 한류열풍이 거셉니다. 한류는 굉장히 역동적이고 다이내믹합니다. K팝뿐만 아니라 드라마, 영화, 게임 등 거의 모든 영역에서 세계를 휘어잡고 있습니다. 서양인의 전유물이었던 클래식 음악에서도 단연두각을 나타내고 있습니다. 피아노, 바이올린, 첼로, 성악 등 전종목에서 세계 최고의 콩쿠르를 평정하고 있습니다. 한류의 힘은 무속적 상상력에서 나온다고 김상환 교수는 지적했습니다. 무속적 상상력의 특징은 감성적 충동과 즉흥성에 있다고 말합니다. 한류에서는 형식적 균형을 깨는 파격, 비대칭을 낳는 역동적 흐름이 관건입니다. 한국적 역동성 일반의 기원에 있는 무속은 과거와 현재, 미래의 한국문화에 대해 귀중한 영감과 해석의 원천이라는 지적에 공감합니다. BTS가 춤추는 모습에서 볼 수 있는 무속적 역동성은 단순히 질서가 있는 것도 없는 것도 아닙니다. 여기에 있는 것은 어떤 무질서의 질서, 비형식의 형식입니다. 여러 가지로 미루어 볼 때 한류는 어느 날 갑자기 이루어진 것은 아니라고 봅니다. 과거와 현재를 종합해 볼 때 선생님은 어떤 생각을 하시는지요.

아암: 문화·예술에서 기교나 기술은 매우 중요합니다. 그러나 기술이나 기능이라는 것도 궁극에는 사람을 위한 것입니다. 인간의 마음은 기술이나 기교만으로는 만족하지 못합니다. 가

장 중요한 요소는 감동입니다. 몸을 적시고 마음을 적셔주어야 합니다. 먼저 체육 분야에서 김연아를 보세요. 김연아는 모두가 인정하는 천재지요. 만 12세 전에 다섯 가지 트리플 점프를 다 완성한 신동 아닌가요. 그러나 맞수인 아사다 마오가 기술적인 면에서는 더 앞섰다고 할 수 있지요. 트리플 악셀(3.5회전)은 마오만 할 수 있었으니까요, 그러나 마오는 연아를 이길 수 없어요. 사람의 마음을 움직이는 것이 감동인데, 감동을 주는 미묘하고 섬세한 디테일에서 연아를 이길 수가 없었던 것이지요. 서양악기는 매우 섬세한 감정을 잘 표현할 수 있습니다. 연주 기술이나 기교는 누구나 성실성과 손기술로 해결할 수 있습니다. 결정적인 것은 감동을 줄 수 있는 섬세한 감성의 표현입니다. 이 지점에서 우리가 결정적인 순간에 앞서는 것이지요. 우리는 뚜렷한 사계절, 끊임없는 외세의 침공, 주변 강대국의 위협을 느끼면서 살았습니다. 늘 긴장해야 하지만 위기에 대처하면서도 현실을 즐길 줄 아는 지혜를 가졌고, 그런 것들이 쌓여 역동적이면서도 깊이 있는 문학·예술을 생산할 수 있었던 것이지요.

묵강: 방탄 소년단 BTS의 활약이 대단합니다. 정말 흐뭇하실 것 같습니다. 이들이 선생님께 조언을 구하면 어떤 말씀을 해주고 싶은지요?

아암: 앞서 묵강이 한류의 역동성은 비합리적 충동과 광신적

맹목으로 빠져들기 쉽다고 지적하지 않았나요. 무속적 상상력이 통제 불가능한 광기로 번져갈 가능성, 이 끔찍한 위험성이 과거 한국문화의 진보와 좌절을 모두 설명하는 출발점이 될 수 있다는 지적에 동의합니다. 우린 너무 열정적이고 때로 과격하고 극단적입니다. 대중의 심성 밑바닥에 들끓고 있는 정념과 통제하기 힘든 충동을 다스리기 위해서는 그만큼 강력한 형식주의 이데올로기가 필요했을 것입니다. 언제든지 광기를 띨 수 있는 이 심리적 에너지를 다스리고 공공적 질서를 유지하기 위한 방책으로 유교 경전을 절대화하지 않았나 싶기도 합니다. 그러다 보니 중국보다 더 유교를 숭상했다는 지적도 나오는 것입니다. 많은 종교에서 침묵과 명상은 대단히 중요합니다. 특히 힌두교와 불교에서 그렇지요. 명상의 기술과 내적 침묵의 수련은 이들 종교에서 가장 핵심적인 것입니다. 말로 떠드는 것 보다는 침묵 속에서 인간의 영혼은 깨어나고 실존이 확인되기 때문입니다. 존재의 뿌리에 도달하기 위해 우리는 때로 고독해야 합니다. 고독과 침묵 속에서만 사람은 자신의 근본인 뿌리를 키울 수 있습니다.

내일의 희망인 우리 청소년들은 막말과 빈말, 악담과 저주가 일상화된 시대에 침묵의 지혜를 터득해야 합니다. 깊은 사고와 내적 고요가 없는 시끄러운 말의 성찬은 일시적으로는 생산적으로 보일지 모르지만, 그것은 망상과 회의에 빠지는 길이기도 합니다. 인간은 침묵의 사색 속에서 궁극적인 진리의 빛을 보게 됩니다. 나는 젊은이들이 이곳에 와서 침묵하며 고요히 머물다 가라고 권하고 싶습니다.

여러 가지를 고려해 볼 때, 나는 오늘의 한류 스타들이 주기적으로 산사山寺나 정자, 고택故宅을 찾아 템플스테이나 정자 스테이, 고택스테이를 해보라고 권하고 싶습니다. 정중동靜中動(고요한 가운데 어떤 움직임)과 동중정動中靜(열정적 움직임 속에 고요함)이 균형을 이룰 필요가 있습니다. 다양한 요소들이 상호 긴장과 조화를 유지할 때 한류는 철학적 깊이를 더하게 될 것이고, 공감과 감동을 줄 수 있는 콘텐츠를 지속적으로 생산할 수 있을 것입니다.

묵강: 앞으로 많은 사람이 영벽정을 찾아올 것입니다. 마지막으로 젊은이들에게 한말씀 주십시오.

아암: 『중용』에 '군자지도君子之道는 비여행원필자이辟如行遠必自邇하며 비여등고필자비辟如登高必自卑'라는 말이 나옵니다. 멀리 가려면 반드시 가까운 곳에서부터 걸음을 시작해야 하고, 높이 올라가려면 반드시 낮은 곳에서 시작해야 한다는 뜻입니다. 천릿길도 한걸음부터라는 말을 기억해야 합니다. 조급한 마음을 가지지 말고 차근차근 한 발 한 발 나아가다 보면 원하는 지점에 이르게 됩니다. 앞만 보고 허둥대지 말고 주변 경관도 감상하며 여유를 가지고 과정을 즐기는 삶을 살아가라고 말하고 싶

습니다. 인류 역사상 절망적이지 않은 시대가 있었던가요. 어떤 처지에 있더라도 꿈을 꾸고, 그 꿈의 실현을 위해 노력하는 사람이 되길 바랍니다.

묵강: 선생님의 말씀을 들으며 이런저런 말들을 떠올려 봅니다. "인간은 꿈에 의해서 즉, 그 꿈의 짙은 농도, 상관관계, 다양함에 의해서, 또는 인간의 본성과 자연환경마저도 변화시키려는 꿈의 놀라운 효과에 의해서 다른 모든 것과 대립 관계를 갖고, 다른 모든 것보다 우위에 서 있는 야릇한 생물, 고립된 동물이다. 인간은 지칠 줄 모르고 그 꿈을 좇으려고 하는 존재다"라고 발레리는 말했습니다.

태초부터 인류가 무수한 어려움에 직면해서 그것을 슬기롭게 극복하고, 찬란한 문화를 꽃피울 수 있었던 이유는 바로 역경의 순간에도 꿈을 꿀 수 있었기 때문입니다. 꿈은 인간의 내면에서 무한한 에너지가 용솟음치게 해 줍니다. 우리가 알고 있는 모든 활동적인 사람들은 꿈을 좇는 사람들입니다. 꿈은 목적을 고귀하게 만들고 오늘의 어려움을 즐거운 마음으로 견딜 수 있게 해 줍니다. 그러나 그 꿈은 현실에 뿌리를 두어야 합니다.

린위탕林語堂은 "중국인은 한쪽 눈을 뜬 채 꿈을 꾼다"라고 했습니다. 감은 눈으로는 미래를 꿈꾸고 뜬 눈으로는 현실을 직시하라는 뜻이지요. 프로이트는 "꿈은 소원 성취"라고 말했습니다. 꿈을 꾼다는 것은 본능과 무의식이 마음속에 갈구하는 것을 머릿속으로 실제 성취하고 있다는 의미입니다. 꿈을 통해 머릿속에서 먼저 성취를 맛보아야 그 꿈은 보다 쉽게 구체적 현실로 구현될 수 있다는 말입니다.

아암: 꿈꾸는 사람이 현실적인 힘도 강합니다.

묵강: 많은 가르침 감사합니다.

도시, 근대의 江을 건너다

최상대/ 건축가

최상대

· 건축가, 수필가
· 한터시티건축 대표,
· 중앙대학교, 경북대학교대학원 졸업
· 대구경북건축가협회 회장, 대구시 경관위원장 역임
· 대구경북건축학회 건축학술상, 대구시 건축작가상(4회)
  외 다수 수상
· 지은 책 : 『대구의 건축, 문화가 되다』(2019 대구시 올해의
  책) , 『말하는 건축, 침묵하는 건축』(대구시 우수콘텐츠) 외

– 땅, 언덕, 도시

건축은 땅의 위에 詩를 짓는 일이다. – 르 코르뷔지에

땅의 시간

얼마나 더 아마득한 시간들이 땅의 아래 어디쯤에서 잠자고 있을지는 아무도 알 수가 없다. 깊은 땅 아래는 정지된 삶의 시간이 잠을 자고 있는 영원한 공간이다. 아주 짧고도 가까운 현대의 문명이 땅속 선사先史의 시간을 깨우기 시작했다. 땅을 헤쳐서 도시를 만들고, 건물과 아파트를 세우는 개발은 잠자는 땅의 깊이를 침범하는 것이다.

잠시 머물다 가는, 지구 지상에서 유기물의 삶은 무한 우주 무기물의 순환 과정이다. 우주 은하계 하나의 별은 공룡시대 빙하기를 지나 다시 인간들은 잠시 지구에서 살아가고 있다. 지금의 땅 위의 시간과 삶들은 언젠가는 땅의 아래로 묻히고 숨겨진

다. 잠시 머무는 땅 위 건축보다 더 오랜 시간들이 잠자고 있는 지하 고분 유적은 과거 시간의 건축이다. 아직도 빛을 보지 못한 지구의 땅 아래에는 시간의 깊이를 알 수 없는 문명의 건축이 있다.

터키 아나톨리아 땅 밑에서는 기원전 9,600년 전의 괴베클리 테페 유적이 발견되었다. 피라미드보다 7,000여 년을 앞서는 메소포타미아 문명 이전의 건축 유적이다. 발굴이 완료되면 인류 4대문명의 기록과 최초의 도시와 건축역사를 다시 써야 할지 모른다. 또한 이스라엘 땅 아래에서는 1세기 그리스 로마시대 문명에 필적하는 새로운 도시유적이 발견되기도 했다.

우리나라의 능陵은 땅의 위아래를 연결하는 자연 회귀의 집이다. 과거 시간을 연결하는 언덕[陵] 곡선은 지상에 그려놓은 평온한 그림이다. 이집트 피라미드는 지상에 군림하는 파라오의 건축이며 그리스 파르테논은 절대신을 추앙하는 신전 건축이다.

대구 불로동에는 200여 기 곡선의 언덕이 모여 있는 국내 최대 고분 언덕이 있다. 한 시대 한 터전에서 삶을 같이했던 동족들은 땅 아래 묻혀서도 한 부락을 이루고 있는 것이다. 신라의 경주, 가야의 김해 왕의 언덕에는 지배자는 권력에 따라서 홀로 또는 몇몇 모여 있다. 고분 언덕은 죽음이 함께 어울려 있는 영원의 공동체이며 커뮤니티이다.

수천, 수백 년 전 삶의 흔적이 있었던 유적지, 사라져버린 건축의 주춧돌만 남아 있는 황량한 들판이나 빈 마당에서 더 크고 무한한 감회를 느끼게 된다. 솔즈베리 대평원 스톤헨지(Stonehenge)의 거대한 돌기둥 앞에서는 나약한 인간들이 태양신을 경배하는 무한 공간임을 상상할 뿐이다. 경주 황룡사지皇龍寺址 드넓은 들판에는 사라져버린 사찰의 주춧돌과 심초석만 남아 있다. 코스모스 가을 들판에 서면 찬란했던 9층탑 서라벌의 번영과 함께 사라진 허무를 느끼게 한다.

우리 땅에서 가장 오래 남아있는 건축 원형은 고인돌支石墓이다. 굄돌 기둥과 돌 덮개가 얹힌 죽음의 공간은 가장 원초적이고 가장 단순한 건축구조물이다. 전 세계 고인돌 6만여 기 중 5만여 기가 한반도에 있었고, 가장 많은 고인돌이 발견된 대구 지역에는 3천여 기나 있었다 하니 청동기시대의 융성을 짐작케 한다. 마을 주변 논밭과 마당에도 널려있었던 바위에 불과한 고인돌이었기에 근대기, 일제강점기에 거의 사라졌다. 상동, 냉천리, 사월동, 유곡리, 서변동, 진천동을 개발하면서 다시 드러난 시간의 흔적이다.

그동안 '달구벌의 시작'은 5천 년 전 청동기시대로 알려졌지만, 다시 2만 년 전으로 거슬러서 구석기시대로 출생의 시간을 끌어올렸다. 아파트 공사로 파헤쳐진 달서구의 진천동, 대천동, 월암동, 월성동, 상인동 일대에서는 선사시대 유적들이 발굴되었다. 현대 삶의 공간은 땅을 떠나 하늘 높은 곳으로 올라가지만 그 아래 땅속에서 과거 삶의 흔적이 나타나는 것이다.

1997년 발굴된 진천동 선사유적공원은 2만 년 전 구석기와 청동기시대의 원시 신앙 흔적 공간이다. 석축 제단祭壇의 입석 표면의 별자리 형상 성혈性穴의 기하학적 문양은 우주적 세계관의 신비감을 자아낸다. 70m×90m 공간 석축 제단祭壇 한가운데의 석축단 주변에서 무문토기無文土器와 석기石器 등이 출토되었고, 발굴된 5기의 돌널무덤이 있다. 해가 지고 도시 안 공원의 가로등이 밝아지면 타임머신을 타고 원시의 시간과 신비의 공간으로 거슬러 온 듯하다. 나무숲과 도심 주택 아파트에 둘러싸인 공간은 과거의 시간이 머무는 공간이다.

상화로 도로변에는 거대한 원시인 조형물이 잠에서 깨어나 누워있다. 그로테스크한 원시인은 수만 년 지하에서 세상 밖에 나오고 보니 혼탁하고도 어지러운 세상이라서 어리둥절한 모습이다. '2만 년의 역사가 잠든 곳'의 조형물은 시간만큼이나 생소한 얼굴을 하고 있다. 현대 도시인들에게 바로 이곳이 선사시대 삶의 흔적을 가르쳐 주는 우리 조상의 얼굴을 볼 수 있는 곳이다.

문명의 언덕

아테네의 아크로폴리스 언덕에서 출발한 그리스 문명은 서양 문명의 출발이다. 언덕(Acro)의 국가(Polis)에서 서양 건축의 텍스트 파르테논 신전이 세워졌고, 아고라광장에서 민주공화정의 꽃을 피웠다. 세계 역사를 기원전(BC), 후(AD)로 구분을 시작하는 기원起源의 언덕이다. 로마 팔라티노 언덕은 로물루스와 레무스가 늑대의 젖을 먹고 자랐다는 로마문명의 언덕이다. 시가지를 내려다보는 이 언덕에서부터 궁전(Palace)이라는 이름이 시작되었고 바로 국가와 문명 시작의 성城이었다.

고구려 도읍 시작의 언덕은 집안集安 국내성의 오녀산성五女山城이었다. 높이 800m 절벽 위 산성에서는 사방 외침을 막고 국가 초석을 이룰 수 있는 천혜의 요새였다. 중국 동북공정으로 그 역사는 상세히 알려지지 못했지만 광개토왕, 장수왕의 유적과 흔적의 장소는 산과 언덕이다.

현대 도시에도 남아서 조화롭고 합리적으로 축조된 아름다운 우리나라의 성곽은 바로 수원화성水原華城이다. 성곽이라기보다 아름다운 건축 집합체의 계획도시로서 정조 임금의 유토피아 행궁건설의 꿈을 실학파 정약용이 실행하여 완성한다. "성이 튼튼하기만 하면 되지 아름답게는 지을 필요가 없습니다"라는 조정의 건의에 정조는 "아름다운 것이 곧 이기는 것이다"라며 추진하였다 한다. 자연지세 언덕과 하천 등 자연을 조화롭게 활용한 5.4km의 성곽은 건축미와 실용성, 창의성의 건설 과정을 기록한 『화성성역의궤』와 함께 세계문화유산으로 1997년 등재되었다.

도시의 분지

대구는 북의 팔공산(1,193m)과 남의 비슬산(1,084m)이라는 거대한 산줄기를 거느리고 있다. 동에서 금호강이 흘러들어 서에서 낙동강과 만나는 분지의 도시이다. 75%가 산지형인 내륙의 도시 마을들은 유사 분지형이다. 분지도시는 혹서엄한酷暑嚴寒의 기후 특성을 가진다. 그렇다고 해서 기후적, 환경적으로 차별화된 지역성(Locality) 건축 특성화(Specific) 디자인의 대구성大邱性 건축은 나타나지는 않는다. 더위에 대응책으로 공원 녹지 정책에 치중하며 근교 산지로 인하여서 '생활권 도시림' 비율이 높다. 사방 자연경관과 산세의 스카이라인이 아름다운 도시는 최근, 고층 아파트가 막아서고 변화하고 있다.

달구벌 옛 지도에도 많은 산들이 채워져 있듯, 낮은 산과 구릉이 많은 도시이다. 두류공원이 있는 금봉산, 달서구의 학산과 장기공원, 북구의 침산과 연암산, 수성구의 범어공원, 두리봉, 연호산, 천을산 등을 들 수 있다. 산과 구릉은 현대 도시에서는 장애물이지만, 다행히도 살아남은 산과 숲의 언덕들은 녹지공원이 되고 산책로를 제공하고 있다.

앞에는 물이 있어 낮고 뒤에는 산이 있어 높은 지형이 풍수지리의 조건인 남저북고南抵北高 배산임수背山臨水 지형이다. 정도전이 한양 도읍을 정할 때 북악산 아래 경복궁 터와 앞으로 한강이 흐르는 지형에 도읍을 만들었다. 달구벌의 지형은 그와는 반대인 남고북저南高北低 배수임산背水臨山에 가까운 지형임을 알게 된다. 북으로 멀리 팔공산이 자리하지만 바로 도시 배면에는 금호강이 흐르고 있고 강이 흘렀으면 좋을 전면 가까이에는 비슬산 줄기 앞산이 버티고 있다.

산이 사방을 높게 막아 복판에 큰 들을 감추었으며, 들 복판에는 금호강이 동쪽에서 서쪽으로 흐르다가 낙동강 하류에 합친다. 경상도의 한복판에 위치하여 남북으로 거리가 매우 고르니, 또한 지형이 훌륭한 도회지이다.   산수가 없으면 감정을 순환하지 못하여 사람이 거칠어진다. 산수란 멀리서 대하면 사람으로 하여금 큰 포부를 갖게 하여 인물을 만들어 내고 가까이 대하면 심지를 깨끗하게 하고 정신을 즐겁게 한다.

— 이중환 『택리지』에서

『택리지擇里志』는 1751년에 기록한 조선사회의 실학적 세계관의 인문지리서이다. 이중환은 안주할 곳을 찾아 전국을 돌아다녔으나, 바로 지금 사는 곳을 살기 좋은 곳으로 만들어야 한다는 능동적 노력을 중요시한다. 택리지에서 말하는 대구는 경상도 한복판에 위치하여 지형이 훌륭하고 좋은 산수 환경은 훌륭한 인물을 만든다고 하였다.

우리나라의 으뜸 강인 낙동강과 금호강은 달성군에서 만난다. 이곳의 고령강정보는 시민들의 접근성이 가장 높다. 낙동강은 조선 성리학에서 학파를 구분하는 기준이 되기도 한다. 강의 좌편 안동 지역의 퇴계학파는 경상좌도라 불렀고 강의 우편 진주 지역의 남명학파는 경상우도라 불렀다. 대구 지역을 성리학에서는 낙동강의 중간 낙중학파로 말하기도 한다. 정작 대구의 강은 낙동강이 아니라 금호강琴湖江이다. 강가의 갈대 소리가 거문고 음악처럼 들린다는 아름다운 강이다. 옛 선비들이 뱃놀이를 즐겨하는 명승이 많았다.

지역 최초의 서원인 연경서원은 금호강에 흘러드는 동화천에 있었다. 예로부터 대구에서 가장 살기 좋은 곳은 일파이무一巴二舞라는 말이 있었다. 신천 상류의 파동과 동화천과 금호강이 만나는 무태 지역이다. 과거 읍성 중심의 근대기에는 신천은 외곽지를 흐르는 자연 하천이었고 건너편 수성현은 작은 마을에 불과했으나 지금의 신천은 도시 중심을 흐르는 하천이다. 시가지를 관통하여 금호강에 이르는 하천으로 도시의 시원한 바람, 아름다운 도심 경관, 편리한 교통로를 제공하는 신천이다. 지금의 도시는 땅의 형국에 무관하게 인구의 팽창에 떠밀려서 강변과 외곽지로 아파트 단지의 신도시가 조성되고 있다. 워터폴리스, 알파시티, 이시아폴리스, 혁신도시, 테크노폴리스 등 새로운 이름으로 확장되고 있다.

성(城), 쌓고 허물다

성을 쌓다

대구 ―큰 대大 언덕 구丘―는 원래의 이름이었다. 달구벌 ―넓고(달구) 평탄한 땅(벌)―또한 대구의 옛 이름이다. 이름 그대로 '큰 언덕이 많고 넓고 평탄한 땅'이다. 대구라는 지명은 곧 성城에서 시작되었다. 달성達城은 대구의 본향이요, 기원 흔적과 역사를 간직하고 있는 모태 공간이다. 달성의 옛 이름의 시초는 달구벌達句伐이다. 신라의 달구화현達句火縣은 통일신라에 이르러 대구현大丘縣이 되었다. 지금의 대구大邱로 바뀐 것은 18C 조선 영조 때였다.

삼국시대에 얕은 구릉지의 자연 형태를 이용해서 쌓은 달불성達弗城토성土城은 국내 성곽 가운데 가장 이른 시기에 만들어졌다. 성곽 내 지역에서는 오랜 세월 동안 달성 서씨 세거지世居地로서 마을을 이루었던 달구벌의 본향이다. 달성 서씨 서침은 세종대왕 때 달성 서씨 문중 토지를 국가에 헌납했다. 달성공원에는 서침나무가 있고, 공적을 기리는 서원과 제향 공간이 북구 연암산에 자리한 구암서원이다.

낮은 구릉의 달성토성은 분지로 이루어진 대구의 지형과도 유사하다. 원형질을 품고서 세포분열로 확대재생산을 이루는 프랙털을 연상케 한다. 지금의 달성공원 언덕 위에는 옛 경상감영의 정문이었던 관풍루가 옮겨져 있고 향토역사관과 동물원이 있다. 공원에는 시인 예술가 성인들의 시비詩碑나 기념비가 있어 근대 대구의 시간과 역사를 담고 있다.

일제강점기는 조선왕조의 궁궐인 창경궁을 놀이공원 창경원으로 전락시켰고 남산에는 신사神社와 신궁神宮을 건축하여 민족 정신을 말살시켰다. 달구벌의 달성토성도 1905년 놀이공원으로 조성하며 신사가 세워지고 일황을 참배하는 장소가 되었다. 이후 동물원이 있는 유원지 달성공원으로 변신되어 오늘날에 이른다.

달성이 '시간의 공간'이라면 대구읍성은 '도시의 공간'이다. 상주에 있었던 경상감영이 중구 포정동 경상감영공원 자리로 이전하기 전까지는 달벌성 안에 경상감영이 설치되어 있었다. 읍성을 중심으로 경상감영의 건축이 있는 장소 경상감영공원은 과거에는 중앙공원이라 일컬었듯, 대구 도시의 중심에 위치하는 공간이다.

대구읍성은 임진왜란이 일어나기 2년 전인 선조 23년(1590년)

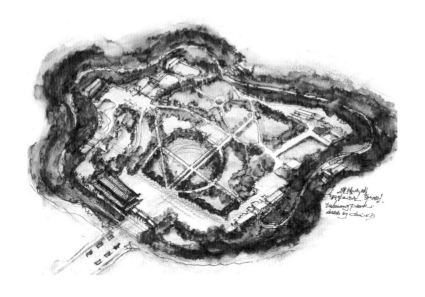

에 일본의 침략에 대비하기 위해 처음 쌓았다. 1592년 4월 임진 왜란이 발발, 7년 전쟁을 치르면서 1597년 2차 침략을 대비하여 선조 29년(1596년)에 토성에서 석축으로 개축하였다. 임란 이후 대구부에 자리 잡은 경상감영을 보호하는 조치로써 여러 번 중 수되고 보강하였다.

성城을 허물다, 근대의 시작

대구읍성은 일제강점기에 해체되어 사라졌다. 일제강점기인 1906년 10월, 당시 경상북도관찰사 서리 겸 대구군수였던 친일 파 박중양朴重陽에 의해 불법 철거되었다.

당시 대구 거주 일본인은 약 1,000명으로 1904년 8월 대구역

이 설치되면서부터 역전 상권을 장악했다. 일본민단은 읍성 내
외가 격리되어 상업 활동 방해, 교통 불편과 도시성장에 장애가
된다고 대구군수 박중양에게 성벽철거를 주장한다. 이토 히로부
미의 보호를 받고 있던 박중양은 중앙에 보고도 올리기 전에 철
거를 진행하며 민심을 피해서 한밤중에 외부 인력을 동원했다.
중앙에서는 허가를 하지 않았지만 1907년 4월 철거를 완료했
다. 성곽 자리는 새 도로가 건설되었고 일본인들의 상권장악의
발판이 되었다.

　결과적으로는 읍성 성곽이 허물어지면서부터 근대 도시로의
출발이 시작된다. 목적과 기능을 상실한 도시 안의 성곽들은 근
대기를 거치면서 도시의 확산으로 사라지게 되었다. 일본인들은
도시상권을 장악하기 위해서 성을 헐어 도로를 넓히고 새 도로
를 만들었다.

　신천에 제방을 쌓아 물길을 다스리고 수성못을 구축하는 것
도 근대의 도시계획이었다. 도시는 근대의 강을 건너야만 했지
만 우리 스스로의 힘으로 건너지는 못했다. 36년 강점기가 지나
고 큰 도로와 지배적 건축들과 적산가옥들이 남았다. 미나카이
백화점, 산업은행, 상업은행, 담배공사, 무도관 건축들은 사라
지기도 하고 몇몇 건물들은 근대 건축으로 남아있다. 또한 대구
읍성은 사라지고 방향에 따라서 4개의 성(동성, 서성, 남성, 북성)은
도로의 이름과 동네의 이름으로만 남아있다. 소설가 조두진의
소설『북성로의 밤』은 일제강점기 대구읍성이 무너지고 난 후의

북성로를 배경으로 한 도시 생활상을 그리고 있다. 최초의 백화점 미나카이, 엘리베이터, 소방서가 소설에 등장한다.

북성로의 밤

　　내륙의 분지 대구의 읍성은 외침으로 두 번 허물어졌다. 처음의 토성은 무력에 의해 무너졌으나 이후 석성을 허문 것은 금력, 즉 돈이었다. 돈을 둘러싼 싸움은 권력 다툼 못지않았다. 어쩌면 더 집요하고 맹렬했다. 돈, 돈의 힘, 돈의 싸움만큼 인간의 욕망, 인간을 적나라하게 드러내는 장치는 없다. 그리하여 대구 읍성의 북쪽 성벽이 무너진 자리에 일본인 나카에가 세운 미나카이 백화점은 식민지배의 광기와 탐욕과 복마전의 랜드마크가 된다.

— 김별아, 조두진『북성로의 밤』표지 글에서

　　북성로(도모마치)는 35년 전, 그가 포목점을 열 때까지만 해도 대구 읍성의 북쪽 벽이었다. 나까에와 몇몇 상인이 목숨을 걸고 성벽을 허물기 시작했을 때, 대부분의 일본 상인들은 팔짱을 낀 채 구경만 했고, 조선 상인들은 무뢰배를 동원해 폭력을 행사하며 맞섰다. 경상북도 관찰사 박중양은 이를 묵인하는 것으로 일본 상인을 지지했다. 대구 읍성이 버티고 있는 한 일본 상인이 발붙일 곳이 없었다. 사람의 왕래가 많은 요지는 모두 조선인의 땅이었고, 일본 상인들은 성 밖 변두리를 전전하는 형편이었다. 대구에서 인부를 구하지 못한 나카에는 부산까지 가서 인부를 데려와 성벽을 허물었다. 목숨을 내놓고 허문 성벽이었다. 성벽 철거에 반대하는 조선인과 맞서던 순간을 생각하면 지금도 잔뜩 어깨에 힘이 들어갔다.

미나카이 백화점에서 북성로를 따라 서족으로 가다보면 나오는 큰 길이 서성로다. 그 도로 너머로 커다란 한옥과 붉은 벽돌로 지은 조선인 부잣집이 많다. 그 집들은 조선 왕조 때 지은 집이 아니다.

미나카이 백화점은 가장 놀랍고도 화려한 곳이었다. 백화점은 오전부터 늦은 밤까지 사람들로 북적거렸다. 지하 1층부터 지상 4층 규모의 미나카이 백화점은 경이였다. 백화점 북쪽 벽면에는 30개 정방형 유리창이 붙어있었다. 마치 얇은 유리가 그 거대한 건물을 지탱하고 있는 듯한 느낌을 주었다. 보일러실과 정화조, 옥상의 물탱크와 피뢰침은 그 쓰임새를 듣고도 이해할 수 없었다.

미나카이 백화점은 여러 면에서 독특했다. 영업을 마치면 불을 끄는 여느 상점과 달리 조명을 바닥에서 쏘아 4층 건물 외관을 대낮처럼 밝혔다. 가로등이 꺼진 뒤 어둠 속에서 홀로 빛나는 미나카이는 희뿌연 안개 속에 우뚝 솟은 성채처럼 보였다.

네모로 된 커다란 상자 안에 사람들이 들어가서 단추를 누르면 상자가 휘익 올라가 눈 깜짝할 사이에 3층이나 4층에 도착했다. 엘리베이터라고 했다. 말로만 듣던 풍경이 눈앞에서 벌어지고 있었다.

"높다란 망루가 있던데 그건 뭐지요?" "소방서 망루다. 높이가 자그마치 13척(약 39미터)이다. 그 위에 올라가면 대구가 훤히 다 보인다. 소방대원이 그 위에서 종일 번갈아 가면서 대구를 살핀다. 불이 나면 금방 파악하고 소방대가 달려가서 불을 끄는 것이다."

– 조두진 『북성로의 밤』에서

문, 도시의 관문

과거의 대구읍성에는 동서남북 4개 성문과 2개 문이 있었다. 읍성과 함께 사라진 영남제일관과 관풍루는 지금의 도시에 서 있다. 당시 성이 철거되어 사라졌던 영남제일관嶺南第一關은 지금의 망우당 공원 언덕에 1980년 세워졌다. 원래 장소도 아니요, 원형고증의 논란에도 불구하고 대구 동쪽 관문을 진입하면서 바라보이게 하는 콘크리트 상징물 건축일 뿐이다. 이때에 영남제일관이라도 그 자리에 보전을 했으면 철거된 읍성을 상징하며 가치 있는 건축유산이 되었을 것이다

관풍루는 관풍세속觀風世俗, "누각에 올라 세속을 살핀다"라는 위민사상의 뜻을 담고 있는 누정건축이다. 달성공원 북측 언덕 위에 세워진 관풍루는 대구읍성이 철거되면서 경상감영 정문에서 1920년에 옮겨온 것이다. 아마도 1906년 사라진 성곽에 대한 친일파 관찰사 박중양의 일말의 배려였을까?

다행히 관풍루가 존재해 과거의 생활풍습과 역사를 이야기할

수 있는 것이다. 당시 성문을 여닫는 새벽 5시와 밤 10시에 경
상감영 앞 관풍루에서는 큰북, 종, 피리, 나팔 등의 풍악을 울려
서 시간을 알렸다. 지금의 관풍루는 소리를 잃은 채, 시간을 잃
은 채, 제자리가 아닌 다른 곳에서 외로이 서있다. '세속을 살피
다'라는 이름처럼 이 시대의 정치, 우리 도시의 행정을 일깨우는
상징으로 기억을 해야 할 것이다.

현대 도시의 관문은 고속도로 톨게이트, 역사, 터미널, 공항
이다. 도시 브랜드 이미지가 나타내는 관문적 건축이기에 디자
인과 이미지의 수준은 중요한 것이다. 과거 근대기 대구의 중심
은 대구역을 출발점으로 역전광장, 중앙통, 향촌동, 북성로였지
만 지금의 현대도시에서는 KTX, 동대구역, 복합환승터미널, 대
구공항이다.

음으로 양으로, 대구 근대 도시 변화에 영향을 끼친 3인이 있
을 것이다. 대구읍성을 철거한 박중양, 제방을 구축하여 신천

물길을 정비한 대구판관 이서李逝, 수성들판 치수 관리를 위한 수성못을 만든 미즈사키 린타로를 들 수 있다. 근대기를 지나고 보면 지금의 대구 도시에 중요한 기초가 되었으며 역사의 가운데에서 도시 스토리텔링을 구성하고 있는 것이다. 임란 때 명나라에서 귀화한 두사충의 모명재가 있고, 왜군을 이끌고 일본에서 귀화한 김충선의 녹동서원과 함께 일본인 미즈사키 린타로는 수성못 남측 언덕에 묘소가 있다. 대구의 민족시인 이상화가 노래했던 '빼앗긴 들'이 지금은 고층아파트에게 빼앗긴 들이 되었지만 수성못은 여전히 마르지 않는 도시 안의 오아시스이다.

서양, 근대近代의 시간

근대(近代, late modern period)라는 시대적 역사적 정의는 서양 역사와 문화의 관점에서 주로 기록되어왔다. 따라서 근대의 시간들은 다양한 의미를 함축하고 있으므로 동서양의 수평적 비교는 큰 의미가 없을 수도 있다. 그러나 각 대륙과 국가에서의 근대는 사회형성과 국가의 발전에 직접적으로 관련하여 현대로 이어져 가는 것이다.

특히 도시와 건축에서의 근대의 시간은 혁신과 변화의 시간이다. 18C 말 영국의 산업혁명은 근대 도시 근대 건축의 시작일 뿐 아니라 인류문명사에서 삶의 방식 변화에 획을 긋는 시점이었다. 산업혁명을 계기로 기술 자본주의 발전은 인구 집중, 도시의 생성과 도시의 확대는 곧 건축의 근대화 생산화로 연결되었다.

하늘에 닿고 싶었던 인간의 끝없는 욕망을 나타내는 건축이 바벨탑이었다. 권력을 나타내는 건물은 높고 웅장해야 했다. 왕이 다스리는 궁전, 신전과 교회 세우기에 경쟁했다. 중세까지는 절대 권력만이 거대건축, 상징건축 만들기가 가능했으나 근대에는 상업이나 제조업 발달로 부를 축적한 시민들이 생겨나면서 건축으로 인한 지위를 탐하기 시작한다. 중세 고딕 양식 첨탑 지붕 위로 산업화 매연을 내뿜는 공장 굴뚝이 우뚝우뚝 솟았다. 도시 스카이라인이 바뀐 것이다.

근대의 건축

19C 중반, 기념비적인 건축이 탄생하는 변화가 일어난다. 1851년 영국은 런던만국박람회 개최를 위하여 하이드파크에 수정궁(crystal palace)을 건설하게 된다. 산업혁명으로 대량 생산한 상품을 세상에 홍보하고 판매하기 위한 박람회를 위해서 전천후의 대형 건축이 필요했던 것이다. 대량 생산 공업화의 산물인 강철(Steel)과 유리(Glass)를 알리기 위한 건축 상품이었다. 정원사 조셉 팩스턴이 설계한 길이 564m, 높이 39m의 거대한 철재 건물이 6개월 만에 완성된다. 축구장 18개 규모이다.

박람회 후 영구보존 건물로 다시 지었으나 화재로 소실되었다. 이때 건물 공사 인부들이 만든 축구단이 오늘날 프리미어리그 축구팀 '크리스털 팰리스'의 시초이다. 1863년 런던에서는 세계 최초의 지하철 '메트로폴리탄'이 개통되었다. 이때의 세계 최대 도시 런던 인구는 250만 명으로 지금의 대구시 인구이다. 조선의 김정호가 『대동여지도』를 제작한 지 2년 뒤이며, 조선의 마지막 왕 고종이 즉위하던 그해이다.

영국의 런던만국박람회 성공에 힘입어 기술 경쟁국 프랑스도 시민혁명 100주년을 맞아 1889년 '파리만국박람회'를 개최한다. 영국이 수평적으로 넓은 박람회장을 건축했다면 프랑스는 수직으로 상징타워 건축에 도전한 것이다. 현재는 높이 330m 에펠탑을 설계한 구스타브 에펠의 이름 그대로 남아서 영원한 파리의 랜드마크가 되어 있다.

박람회 건축은 산업 생산품의 전시, 판매뿐 아니라 새로 소개하는 이벤트였다. 새로 소개되는 문물을 보기 위해서 세계인들이 배를 타고 기차를 타고 대도시로 몰려들었다. 일본 판화 우키요에가 유럽에 소개되었고, 인상주의 회화가 세상에 알려진 것도 박람회를 통해서였다. 건축 방식에서는 오랜 전통의 벽돌 시대에서 콘크리트와 대량 생산의 철골건축 시대로 접어들었다.

근대는 과거 시간과의 분리를 의미한다. 1897년 오스트리아 빈을 중심으로 문화예술의 분리파 운동이 일어난다. 우리에게도 잘 알려진 화가 구스타브 클림트가 주도하여 고전주의에서 분리하는 혁신적적 건축 '세제션관'을 건립, 유럽의 새로운 예술 활동을 전개한다.

일제강점기에는 일본 상품을 우리나라에 팔기 위해서 박람회를 수차례 대대적으로 개최하였다. 광화문과 조선왕궁 건물들을 헐어내고 임시전시장을 경복궁 안팎으로 설치하였다. 남산에 세운 조선신궁과 함께 독립정신을 말살하고 내선일체를 강화하려는 의도였다.

파리, 근대 도시

1853년 파리에서는 혁신적인 근대도시 개조가 일어난다. 혁명을 성공한 나폴레옹 3세는 오스망 시장에게 개혁 전권을 위임, 상하수도가 없어 더럽고 불편한 건물 도로를 기하학 도시로 변모시켰다. 시민혁명을 관측, 통제할 수 있도록 개선문 중심으로 도시 구역을 거대한 진지로 구축했다. 무자비한 공사강행은 일찍이 현대 문화도시로 탈바꿈케 하였다. 당시 풍경은 인상파 화가 구스타브 카유보트의 〈비 오는 날의 파리 거리〉(1877년) 작품에 잘 나타나 있다. 상류층 프렌치코트 신사숙녀가 여유 있게 산책하고 즐기는 카페문화와 오늘날의 샹젤리제 거리가 생겼다.

증기기관 기차가 개설되고 철 생산으로 교량 철도역이 건설되며 이동이 활발해졌다. 19세기 전반에는 철도가 등장해 쉽게 도시를 이동할 수 있게 되었다. 도시의 성문처럼 기차역은 도시의 관문이다. 1863년 런던에서 최초의 지하철이 건설된다. 인상파 화가들은 새로운 도시 풍물과 건축물을 그리기 시작했다. 1873년 모네는 생자르역을 배경으로 〈철도〉를 그렸고, 1876년에 〈생자르역〉 연작을 발표하여 관심을 얻는다.

미국, 근대 건축

1871년 시카고는 3일간의 대화재로 도시의 1/3이 소실되었다. 시카고 대화재 재앙은 '마천루의 이념을 위해 길을 열어주었다'는 평가를 받는다. 화재 복구로 10층의 마천루들이 건축될 수 있었던 것은 엘리베이터가 발명되었기 때문이다. 고층 건축의 등장으로 시카고학파가 형성되기도 한다.

초창기 뉴욕 스카이라인은 교회 첨탑이 차지했다. 월스트리트 최상단에는 트리니티교회 첨탑이 맨해튼 섬 건물 위에 우아하게 장악하고 있었다. 스카이라인이라는 말은 1876년 처음으로 사용되었으며 '지평선 위에 서있는 건물들의 윤곽선'을 가리킨다. 1880년대 중반부터 뉴욕 도시는 급속한 변화가 시작되었다. 기업과 금융회사들이 맨해튼 월스트리트로 모여들며 기업 이미지를 부각시키기 위해 고층 빌딩을 건설했다. 뉴욕 고층 건물의 스카이라인은 미국의 역동성과 성공을 보여주는 트레이드마크가 되었다. 2001테러 때 보잉767기로 세계무역센터 트윈빌딩에 충돌한 모하메드 아타는 건축학과 도시계획을 전공하였다.

서양의 20세기는 1910년 즈음부터 근대 건축이 활발하게 전개되기 시작했다. 세계 1차 대전으로 파괴된 유럽의 도시들은 국제주의 건축으로 활발한 재건이 일어났다. 독일의 바우하우스 운동, 미국의 번영과 함께 저명한 근대 건축가들이 탄생한다. 그로피우스, 르 코르뷔지에, 프랭크 로이드 라이트, 미스 반 데 로에, 알바 알토 등 지금의 현대건축의 바탕을 이룬 건축가들이다.

서울, 근대近代의 시간

유럽의 근대화 시간에 조선의 시간은 어떠했을까? 1865년, 임진왜란과 정유재란으로 파괴된 경복궁 중건이 급급했다. 또 다시 일본의 침략에 대비하고 왕권을 상징하는 궁궐을 복구해 야만 했다. 런던에 수정궁을, 파리에 에펠탑을 세우는 그 시간 들이었다. 임진왜란으로 불탄 경복궁을 다시 짓기에 7년(1865-1872년)을 소요하였다.

1871년, 대원군은 전국의 서원 47개소만 남기고 철폐, 통폐 합한다. 나라 재정의 파탄과 궁궐 재건에 노역 동원되는 백성들 의 원성으로 대원군은 물러나게 된다. 우리나라의 근대기 시작 은 임진왜란의 상처와 강대국의 주권침탈에 함몰되어 있었다. 따라서 새로운 건축의 건설에는 여력이 없었다.

건축가 이상李箱

「오감도烏瞰圖」의 시인 이상(李箱, 본명 김해경)은 경성고등공업 건축과 출신이다. 1910년 서울에서 태어난 그는 수석 졸업으로 조선총독부 기사로 특채된다. 일본인 주축의 조선건축회에 가 입, 건축회지 표지 도안 공모전에서 1등 당선, 조선미술전람회 서양화 입선으로 미술에 두각을 보였다. 《조선과 건축》지에 시 를 발표한다. 스물넷에 폐결핵으로 조선총독부를 사직하며 종 로2가에 직접 인테리어를 한 제비다방을 개업한다. 대구의 화가 이인성이 아루스다방을 열었듯, 근대 도시의 새로운 풍속도인 다방은 문화 예술인들이 모여드는 살롱 공간이었다. 이곳에서 소설 「날개」를 발표하지만 제비다방은 2년 만에 폐업하면서 방황, 좌절의 길을 걷게 된다.

일본 동경에서 쓸쓸히 사망한 천재 작가 이상이 올바른 건축가의 인생길을 걸었다면 분명 근대기 한국의 제1세대 건축가로 명성을 남겼을지도 모를 일이다. 종로구 통인동 작은 한옥에 이상이 운영하던 이름의 '제비다방'이 생겼다. 이상이 20여 년을 살았다고 알려진 이 집이 철거 직전 김수근문화재단이 매입, 개조하여서 작은 문화공간으로 탄생했다. 이 집에서 연작시 「조감도」와 「이상한가역반응」, 「선에 대한 각서」, 「건축무한육각면체」를 썼으며 모두 건축에 관련한 작품들이다.

서울, 근대의 건축

한국의 개화기는 1876년 강화도 조약 이후, 외부의 침입과 함께 서양 문물이 유입되면서이다. 그러나 쇄국정책으로 문을 걸어 닫는 암흑의 시대였고, 서구 열강들은 힘으로 아시아로 밀려들었다. 우리나라 건축의 근대 출발기는 외부의 힘에 의한 타의적 근대기를 맞게 된다. 조선 말 대한제국의 흐름에 따라가듯, 외국 열강들의 지배력에 의한 그들의 건축이 이 땅에 새겨졌다.

기와집과 초가집만 있던 조선 한양의 도시와 건축의 풍경은 이때부터 변하기 시작했다. 부산이나 인천 등 개항의 도시부터 서구식 건축물이 들어서기 시작했다. 서구의 근대 건축기술에 의한 창고 산업시설, 선교사들이 세운 교회건축들과 특히 일제 강점기에는 서양의 역사주의 건축 양식을 닮은 식민지 관공서와 일식주택, 상업시설 등이 본격적으로 세워졌다. 이러한 근대 건축의 모습들은 지방 도시 대구에도 예외가 아니었다.

이들 건축물 중에는 원래 건립 취지 그대로 기능을 이어가고 있는 건물이 있는가 하면, 다른 용도 건물로 변화된 곳이 많다. 또한 급격한 경제성장으로 인한 도시화의 물결에 사라져버리고 역사로만 전해지기도 한다. 최근 근대 건축의 보존에 대한 국민적 관심이 높아졌고 관련 법령의 강화, 국가와 지자체의 노력으로 건축 문화유산으로서의 그 가치를 재평가받고 있다. 따라서 근대건축물을 재조명하는 것은 매우 중요한 일이다. 현존하는 근대근건을 대상으로 언론 매체에서 선정한 '서울근대건축 10선'을 살펴본다.

1. 번사창(1884년)

근대건축으로는 가장 초창기에 건립된 개화기 조선의 신식무기 제조 공장이다. 고종이 청나라 신식무기 제조법을 전수하기 위해서 파견한 김윤식 등 38명의 유학생이 돌아와 중국 건축 방식대로 세웠다. 삼청동 금융연수원 안에 있다.

2. 천도교 중앙대 교당(1921년)

천도교 교주 손병희가 민족의 힘으로 건립하였다. 일제강점기 민족운동의 거점 역할을 하였으며, 근·현대문학의 발전과 인권운동의 중심 역할을 하였다. 종로구 경운동에 위치한다.

3. 배재학당 동관(1916년)

1885년 아펜젤러가 조선에 들어와 서양식 교육을 시작하며 설립, 개화기 선교와 근대교육의 중심학교로 정동에 위치한다. 현재는 배재학당 역사박물관으로 사용된다.

4. 대한성공회 서울대성당(1922년)

영국 트롤로프 주교에 의해 덕수궁 인근에 건립되어 개항기 서양 선교사와 외교관 특별 지역이 되었다. 십자형 평면의 로마네스크 양식과 한국식 전통문화를 표현한 초기 성당이다.

5. 구세군중앙교회(1928년)

1908년 창설된 대한구세군은 병원, 고아원, 양로원 등을 설립하며 선교 활동을 하였다. 르네상스 양식의 건축으로 거대한 지붕과 웅장한 주랑 현관이 특징적인 근대 건축이다.

6. 구 제일은행 본점(1935년)

충무로 1가 신세계백화점 인근에 위치하며 국내 최초의 국제 현상설계 공모전을 통해서 일본인의 설계로 건립되었다.

7. 광통관(1909년)

국고조세를 관리하던 대한천일은행의 본점이었다. 1909년 준공 이후 1914년 화재로 증, 개축했으나 국내에 현존하는 가장 오래된 은행 건물이다.

8. 뚝도수원지 제1정수장(1908년)

성수동 뚝섬에 있는 국내 첫 근대 상수도 시설이다. 조선 말 개항과 함께 외국인이 거주하면서 전염병 창궐 등의 이유로 상수도 설치 요구가 커지자 고종의 지시로 1908년 건립됐다.

9. 구 동아일보 사옥(1926년)

동아일보는 일제강점기에 민족 언론 신문으로 물산장려운동과 여성지위향상운동의 중심 역할을 하였다. 1925년 건축 시작 직후 조선총독부에 의해 정간 조치 등 탄압을 당하는 어려움을 겪었지만 공사를 진행, 1926년 완공됐다. 광복 이후 수차례 증축을 거쳐 2001년 일민미술관으로 재개관하였다.

10. 승동교회(1912년)

3·1운동과 항일운동의 거점이 된 교회로서 미국 북 장로회 선교사 샤무엘 무어가 건립, 여러 차례 증축을 거쳐서 현재의 모습으로 종로구 인사동에 위치한다.

대구, 근대近代의 시간

대구는 1886년 한불조약 체결로 천주교 신부들의 활동과 1900년대 개신교 선교사들의 선교사업과 의료, 교육, 사회자선 사업을 위한 건축이 세워지면서 근대 도시로의 변모가 시작되었다. 최초의 서양식 건물인 계산성당을 시작으로 서양식 근대 건물들이 이어서 건립된다.

특히 일제강점기 36년 동안의 지배적 건축은 관청, 공공시설, 은행, 상업용과 그들의 적산가옥 등이다. 1904년 경부선 철도 개통으로 대구역 개설과 1909년 읍성 철거로 대구부大邱府 내의 간선도로 개통으로 성城의 안팎이 사라졌다. 이후 일제의 신기술에 의한 철도, 교량, 토목공사와 측량 발굴이 행해졌다.

1601년(선조 34년) 경상감영이 설치된 이후, 근대기 이전의 300여 년간 전통 도시로서의 모습을 간직해 왔다. 행정관서 건축인 경상감영(현, 도청)은 지역 건축에서 가장 중요한 요소이자 변화의 척도로 나타난다.

1601년 상주에 경상감영이 설치된다. 1910년 상주에서 대구로 경상감영 이전(옮겨간 자리 중앙공원은 1970년 경상감영공원으로 명칭 변경), 1965년 한옥청사에서 산격동 현대건축 청사로 이전한다. 이 건물은 대구의 근대기 건축에서 국내 자본, 국내 기술로 건축된 대표적 건축물이다. 2022년 경북도청은 안동 예천으로 이전하였다. 지금은 대구시청별관으로 사용하고 있지만 향후, 새로운 건축의 미래가 기다리고 있는 것이다.

도시의 구석 오래된 골목길과 일제강점기의 적산 건축들이 도시의 자랑거리로 등장하기 시작했다. 재개발과 재건축의 경제적 가치에서도 밀려나 소외되고 버려지듯 관심에도 없었던 동네와 장소들이었다. 지금에서 보면 전화위복이었고 다행이었다. 일찍이 철거되거나 사라지지 않고 남아서 비로소 그 시간적, 도시적 가치를 발하게 된 것이다.

긴축경제시대에 현실적 개발 방식으로 떠오른 것이 도시재생 都市再生과 건물의 리노베이션(renovation)이다. 낡고 오래된 건물을 철거하고 새로이 신축하는 것만이 능사가 아님을 깨닫기 시작하였다. 시간의 켜가 쌓여있는 오래된 길과 낡은 건물에서 스토리를 찾고 가치를 발견하기 시작한 것이다. 도시의 변화 속에서 살아남은 과거 건축들은 근대건축이라는 이름의 보존의 대상이 되었다.

청라언덕, 선교사 주택

대구 근대의 풍경에서 가장 낭만적 자연경관과 도시경관을 가진 장소는 청라언덕이다. 동산의료원의 경내인 이곳에는 1900년경 세워진 미국인 선교사 주택 세 채가 있다. 선교사들이 설계하고 생활한 이 주택들은 근대 건축 유산으로서 잘 보존되어서 현재는 박물관으로 사용되고 있다. 청라언덕에는 박태준 곡, 이은상 시 〈동무생각〉 노래에 얽힌 이야기가 있고, 3·1만세

운동길, 계산성당, 이상화고택으로 이어지는 근대문화골목의
출발점이기도 하다.

　스윗즈 주택은 1893년 대구에 와서 선교 활동을 하던 기독교
선교인 스윗즈가 대구읍성 밖 서쪽에 있던 동산東山언덕에 지은
집이다. 대구 최초의 서양 입식 생활 방식을 보여주고 있다. 특
이한 점은 서양식 주택에 한국 전통 건축 양식을 가미한 서까래
와 한식 기와집이다. 당시 대구읍성을 철거한 돌과 붉은 벽돌을
쌓은 형식의 서양식 건축이다.

　챔니스 주택 역시 성돌 위의 붉은 벽돌건물로서 셰드shed 지
붕 채광창이 있는 미국의 건축 양식이다. 이곳에는 미국인 선
교사가 들여온 국내 최초의 피아노가 있다. 소리 나는 귀신 통
을 보러 주택 주변에는 구경꾼들이 항상 몰려들었다고 한다. 부
산항에 도착한 피아노를 낙동강을 거슬러 사문진나루터(화원동

산)까지 싣고 와 달구지로 이곳 주택까지 옮겨왔다. 이런 이유로 가을이면 '100대의 피아노' 연주 행사가 사문진에서 열리고 있다.

블레어주택은 페치카 굴뚝이 있고, 필로티(pilotis) 형식의 콘크리트 위에 붉은 벽돌건물이다. 미국의 방갈로 스타일 건물로 현재는 교육 역사박물관으로 사용되고 있다. 선교사 주택의 하부 기초 부분은 대개 대구읍성을 철거한 돌(안산암)을 사용했다. 당시에는 철거한 성벽에서 나온 성돌들이 주변에 널려 있었다는 것을 알 수 있다.

도시의 실루엣, 계산성당과 제일교회

시대와 나라를 초월하여 종교 건축의 고딕첨탑 실루엣은 인간들에게 종교적 경건함과 함께 낭만적 감성을 불러일으킨다. 뜨거운 여름 태양이 넘어가는 오후, 계산성당과 청라언덕 위 제일교회가 이루는 스카이라인은 도시의 선명한 실루엣으로 나타난다. 1902년 건립된 계산성당 붉은 벽돌 건물의 나이는 120살, 고딕과 로마네스크 양식의 근대 건축이다. 1986년 로베르 신부가 건립을 시작하여 1899년 한국식의 목조 십자형 건물로 지었으나 1년 만에 화재로 소실, 1902년에 현재 모습의 성당으로 완성하였다. 당시의 건축 재료들은 프랑스와 홍콩에서 들여왔다.

초기 제일교회는 약전골목에 위치하는 붉은 벽돌 건물로 1937년에 지어졌다. 1908년(순종 2년) 재래 양식과 서구의 건축

양식을 절충하여 지은 경북 지역 최초의 교회이다. 1933년 지금
의 벽돌조 교회당을 건축하고 1937년에 종탑을 세워 현재의 모
습으로 완성되었다. 지금의 청라언덕 위 화강석 건물인 제일교
회는 1994년에 완공하였으며, 약전골목의 구 교회 명칭은 '기독
교역사관'이다.

　계산성당과 제일교회는 대구근대골목의 시작에서부터 독특
한 경관미를 보여주고 있다. 지역의 대표적 성당, 지역의 대표
적 교회 건축이 나란히 조우하고 있는 것처럼 보인다. 중후한
붉은 벽돌 가톨릭 성당과 하얗게 빛나는 화강석 기독교 교회의
외관 형상의 대비까지도 구교舊教와 신교新教를 상징하고 있다.
건물 외관은 다르게 출발했지만 하늘을 향하고 있는 첨탑지붕과
십자가 형상은 똑같다. 대구가 낳은 천재화가 이인성의 작품에
계산성당과 제일교회 첨탑이 등장하기도 한다.

1932년 산업은행, 대구근대역사관

경상감영공원 서편에 위치하고 있는 대구근대역사관은 대구의 근현대사를 조망할 수 있는 작은 박물관이다. 이 건물은 1932년에 조선식산은행(구 산업은행)으로 90년 전 일제강점기의 근대 건축을 역사관으로 개조, 2011년에 문을 열었다. 근대건축 원형이 가장 잘 나타나 있는 건축박물관이다. 대한민국역사박물관을 비롯하여 근현대사박물관 97개가 등록되어 있으며, 거의 근대의 건축을 리노베이션하고 있다.

대구근대역사관 건축은 르네상스 건축 양식으로 분류하고 있다. 일찍 서양문물을 받아들이고 유학한 일본인들이 조선 식민지에 통치적 건축을 세우면서 르네상스와 고전주의 양식을 차용한 것들이다. 대구근대역사관 건축은 은행답게 르네상스 양식을 화려하지 않고 단순하게 처리하여 출입구 전면부의 장식, 수평띠의 강조, 지붕장식, 코니스 요소들이 그대로 남아있다.

건축의 특징은 내부에서 잘 드러난다. 1층에 들어서면 조선식 산은행 당시의 금고 구조 형태를 그대로 보존한다. 현대 건축에서는 볼 수 없는 기둥, 보, 계단 부분의 구조적 디테일에는 근대 건축의 우아함과 실용적 디자인이 보인다.

언젠가 '근대 건축, 선을 논하다展'이라는 구한말과 일제강점기 건축 유물들을 소개하는 전시가 열렸다. 전시에는 옛 대구역(1913년), 조선은행 대구지점(1920년), 미나카이(三中井)백화점(1934년, 북성로 대우주차장 위치)과 같이 사라진 근대 건축물들과 계산성당(1902년), 대구경찰서(1908년), 대구우체국(1912년), 대구부립도서관(1924년) 등의 건축 모습들이 전시되었다.

르네상스 석재 건축들이 관공서나 은행 등 고급 건축이었다면 붉은 벽돌 건축은 공장, 창고, 학교 건축으로 옛 기억 속에 남아있다. '아까랭카'라고 일컫는 개항기의 붉은 벽돌 건물들은 인천이나 군산, 부산 등지에 문화 공간으로 재생되어 있다. 과거 근대 건축물들은 일제강점기의 흔적이라는 점에서 '역사바로세우기'로 철거해야 했다. 그러나 이 또한 역사의 현장이자 교훈의 대상이다. 철거하거나 소멸하지 말아야 하며 건축 그 자체가 바로 근대역사유물인 것이다.

1912년 선남은행, 대구문학관

지금의 대구문학관 향촌문화관의 터는 일제강점기인 1912년에 세워진 지역 최초의 선남상업은행이 있었던 장소이다. 1960

년대에 새로 지어져서 불과 60년이 지난 상업은행 건물이 지금은 근대건축물에 해당할 정도이다. 건축의 원형을 재생하여 대구문학관(3, 4층) 향촌문화관(1, 2층)이 2014년에 개관하였다.

사회 전반적으로 문화예술에 대한 관심과 소비가 높아짐에 따라서 다양한 문화시설이 늘어났으며, 큰 변화 가운데 하나가 전국 각지에 문학관이 탄생한 것이다. 문학관 하나 없으면 문화적 낙후 지역인 듯 여겨지기도 한다. 원주 토지문학관, 전주 혼불문학관, 남해 유배문학관, 벌교 태백산맥문학관 등 문학관이 곧 그 지역을 상징하기도 한다. 일본의 거리 시골 마을과 도서관에도 그 지역에서 탄생한 문인의 생가 기념관이 600개가 넘는다고 한다.

시민들의 염원이었던 새 문학관에 오랜 시간 동안 논의가 있었지만, 입지와 규모 등에서 만족스럽지 못한 상태에서 문을 열었다. 도시 재생의 추세에 맞추어 개관한 문학관은 접근성이 편리하고 감영공원이나 북성로 등 주변과 연계하여 긍정적인 측면도 있다.

건물 1, 2층에는 중구청 관할의 '향촌문화관'이, 3층과 4층은

'대구문학관'이, 지하에는 국내에서 가장 오래된 음악감상실 '녹향'이 자리한 복합 문화공간이 되었다. 문학관에는 일제강점기에 문학으로 저항하고 민족혼을 불태운 문단의 선각자 현진건, 이상화, 이장희 등의 작가들과 대구문학아카이브, 문학공방, 문학서재 등이 있다. 3층은 대구에서 발행되어 한국 근대문학의 토대가 된 동인지 《죽순》을 상징하는 공간이다. 3층 문학서재에서 바라보는 창문 밖으로는 시간의 켜가 겹겹이 쌓여있는 향촌동 근대골목의 풍경이 눈에 들어온다.

자갈마당에는 자갈이 없다

지금은 사라진 자갈마당은 100년 이상의 어두운 역사와 삶의 흔적이 축적된 그늘이며 장소였다. 1909년에 일제의 제국주의 통치수단으로 '자갈마당'이라 불리는 유곽이 생겨났다. 일제강점기는 신사 설립과 참배, 군대 설치와 주둔, 그리고 유곽 성

매매 업소 설치를 3대 통치의 수단으로 활용하였다. 해방 이후, 한국전쟁 조국근대화 경제성장기의 세월을 지나면서 도원동 일대의 자갈마당은 지속적으로 그 자리를 지켜왔다. 대구의 읍성 철거도 자갈마당과 밀접한 관계를 가진다. 읍성 밖 낮은 습지대 연못을 성벽을 헐은 성벽 돌로 메우고 자갈로 성토를 하고서 유곽지를 만들었다.

도시적 용어 '도심부적격시설'인 집창촌은 자갈마당처럼 추상명사로 불리며 다른 도시에도 어김없이 있어왔고 지금도 존재하고 있다. 미아리 텍사스, 청량리588, 용산역전, 인천 옐로하우스, 부산 완월동, 춘천 난초촌, 전주 선미촌 등이다. 자갈마당은 사회적 인식과 제도적 법률이 금기시하는 성性의 비공식화에 관련하고 있다. 그래서 도원동 그 거리는 흔히 지나다닐 수 있는 일상적 거리가 아니었고, 객기客氣나 주기酒氣가 아니면 근접하지 못했던 19금의 거리였다.

현대 인터넷 시대 성性의 비공식화는 온갖 채팅과 동영상이 거미줄처럼 퍼져있고 성거래, 성상품, 성범죄는 만연하고 있다. 이러한 도시 장소성 사회 공공성에 대한 해석은 논란의 대상으로 이어져왔다. 그러나 암울했던 통기타, 향촌동 막걸리, 입영열차 세대들에게는 청춘의 한 페이지이자 추억의 거리이기도 하다. 관념적 사회가 바라보는 19금, 사창가, 집창촌, 음란퇴폐만으로 통칭할 수 없는 시대적 문화의 부분도 있을 것이다.

과거 전매청의 부지에는 고층아파트가 세워지고 도미노 현상으로 자갈마당에도 고층아파트가 들어섰다. 수창공원, 예술발전소, 청춘맨션 등 문화 예술 공간의 변신은 달성공원, 삼성상회 터, 북성로 근대골목과 연계하는 도시 문화 벨트로서의 연계성을 갖추고 있다. 자갈마당 역시 대구의 근대도시의 일부분이다. 공간과 시간의 흔적을 완전히 지워버리지 말고 자갈을 '자갈자갈 즈려 밟으면서' 자갈마당의 추억을 회상할 수 있었으면 하는 아쉬움도 있다.

순종 어가길

중국 난징의 '난징대학살기념관'은 1937년 일본 점령군에게 희생당한 30만 명을 기록하는 중국 다크투어리즘 건축이다. 캄캄한 방에 12초 간격으로 떨어지는 물방울 소리는 점령 6주간 30만 명이 12초 간격으로 처참히 죽어 갔다는 것을 상징한다. 최고 절정은 홀로코스트이다. 나치에 의해 학살된 600만 유대인을 기리는 독일 베를린 '유대인기념관' 건축이 있다. 꾸불꾸불 불규칙 형태의 건축 형태와 동선, 찢어진 창의 예리한 빛의 공간으로 고통과 아픔을 상징한다. 해골 모양의 무수한 철판 조각 바닥을 밟고 지나면 처절한 울부짖음을 상기시킨다.

대구역에서부터 달성공원 앞에는 순종 어가길과 순종 동상이 조성되었다. 일제강점기 항일정신을 다크투어리즘 역사의 교육 공간으로 기억케 한다는 취지였지만, 2017년 건립된 후에는 철거해야 한다는 목소리도 높았다. 이 길은 순종이 이토오 히로부

미의 강권으로 1909년 민심을 살피기 위해 떠난 남순행南巡行 대구 순행길이었다. 수창초등학교 길에는 당시의 순행巡行과 어가 길 순례를 기록하고 있다. 북성로, 수창동, 창작발전소, 수창청춘맨션 등의 근대 건축 콘텐츠와의 연계성을 반영하고 있다.

논란의 중심은 달성공원 앞 5.5m의 황금빛 순종 동상이다. 광화문 광장의 세종대왕이나 이순신 장군 동상은 존경의 마음으로 우러러보지만, 순종 동상은 일제 통치와 대한제국 망국, 굴욕을 상기시키는 것이다. 이런 동상이 도시의 맥락, 조형성, 도시 경관에는 기여하고 있는가를 묻게 된다.

마당깊은 집

6.25 전쟁이 끝난 피난 후의 가난하고도 피폐했던 대구생활을 자전적 리얼리티로 그린 소설이 김원일의 『마당깊은 집』이다. 1954년경, 당시 대구시 중심부에 해당되는 약전골목 주변, 중국인이 많이 거주하는 종로통 장관동의 골목 안 한옥 아래채에 네 식구는 방 한 칸 사글세에 살고 있었다. 작가는 그 집을 '마당깊은 집'이라 불렀다.

소설에는 역전, 중앙통, 한국은행, 향촌동, 송죽극장, 자유극장, 양키시장, 칠성시장, 약전골목, 중국인학교, 군방각청요릿집, 방천빨래터, 경북의과대학, 동인초등교, 동인로타리, 영남일보, 대구 매일신문, 대구일보 건물이 등장한다. 가난에 학교도 못 가고 신문 가판 배달원으로 시가지 곳곳을 누비고 다니는 주인공의 눈에 비친 당시 대구 도시와 건물 거리가 나타나 있다. 매일신문사 뒷골목 바로 그 집 근처에 '마당깊은 집 문학관'이 말끔한 새집으로 세워졌다.

삼성상회에서 삼성까지

대구는 한국의 경제를 세계에 우뚝 서게 한 글로벌 기업 '삼성'의 본고장으로 호암 이병철과 삼성 관련 건축·공간의 도시이다. 삼성그룹 창업의 출발지였던 '삼성상회' 터가 달성공원 건너편 인교동에 있다. 삼성상회는 1938년 고故 이병철 회장이 고향인 경남 의령에서 올라와 3만 원으로 시작한 첫 사업이었다. 당시 서민들의 끼니 해결을 위해 제면기로 별 세 개(삼성) 브랜드 '별표국수'를 만든 것이 오늘날 '삼성'의 탄생이다. 일본이나 중국을 상대로 한 농산물 무역과 삼성상회에서 번 돈으로 부산에 제일제당을 설립하였으며, 1954년에는 대구에 제일모직 공장을 세웠다.

인교동 옛터는 소공원으로 조성되어 있다. 삼성상회 옛 모습의 조형입면이 자리하며 촬영장 세트처럼 70년의 과거 시간으로 되돌리고 있다. 삼성상회를 창업하고 운영할 당시 이병철 회장이 살았고(1938~1947년) 이건희 삼성 2세 회장이 자란 옛 주택은 서성로 15길 61에 그대로 남아있다.

대구역 지하도를 지나서 구 경북도청(현 대구시청별관)에 이르는 중앙대로 왼쪽 편에 삼성의 모태 제일모직이 있었다. 과거 건물

의 흔적들로 인하여 삼성의 모태 옛 제일모직 신화를 반추하고 깨우치게 되는 것이다. 이 땅에 제일모직을 세움으로써 현재의 글로벌 기업 삼성그룹의 출발이 되었다. 2018년 3월에는 '대구 삼성창조캠퍼스'가 완성되었다. 그동안 빈 땅으로 남아있었지만 다행히도 60여 년이 지나서 과거와 현재, 경제와 문화가 어우러진 복합 창조경제단지로 재탄생한 것이다.

　　남측 정문을 들어서면 옛 삼성상회, 옛 제일모직 본관 건물을 복원해 만든 '창업기념관'이 보인다. 삼성의 역사와 시간을 그대로 보여주고 있다. 공장 터였던 커뮤니티 존 광장 중심에 우뚝 솟아있는 공장의 굴뚝은 당시 산업화 시대 역사 흔적의 상징조형물이다. 제일모직 공장 여자기숙사 4개 동은 새롭게 리모델링해 시민공원과 문화공간으로 조성하였다. 2008년에는 제일모직터 서편에 오페라하우스를 건립하여 대구시에 기부 채납하였다. 이는 '음악창의도시'의 기반이 되었고, 앞길은 이병철 회장 아호를 따서 호암로로 명명하였다.

구 경북도청

침산동에 위치한 구 경북도청은 1965년 대구의 건축가와 지역의 건축 기술로 지어진 후기 근대 건축물이다. 이 땅의 근대 건축은 우리의 손길보다 외국 선교사, 일제강점, 미군정의 기술과 영향, 또한 그들에게서 배우고 경험한 기술자들과 몇몇 1세대 건축가들에 의해서 연명되었던 것이다.

구 경북도청의 역사는 경상감영에서부터 시작된다. 지금의 도청과 같은 행정 기능은 조선시대에는 경상감慶尙監營이 담당했다. 경상도에는 조선 태종대부터 조선 전기까지는 별도의 감영 監營 없이 관찰사가 도내를 순력(巡歷: 조선 시대 감사가 도내의 각 고을을 순찰하던 제도)하였으며, 선조 34년(1601년) 대구에 감영이 설치되면서 이곳에서 정무를 보았다. 강제합병 이후 1910년 '경상북도 청사'로 개칭되며 56년간은 포정동(현 경상감영공원)에 있었다. 1966년 경북도청은 포정동에서 지금의 산격동, 다시 2016년 3월에 경북 안동으로 이전했다.

구 경북도청은 배치의 기법과 입면의 형태에서 한국 전통적 분위기를 지니고 있다. 경북도청이 건립된 60년대는 3공화국 탄생, 국토재건, 경제부흥, 조국 근대화 추진 등 자립 자주 정신을 강조하던 시기이다. 지금의 도시구조는 동과 서를 연결하는 달구벌대로가 중심축이지만 당시에는 남과 북을 연결하는 중앙대로가 중심축이었다. 따라서 청사 위치 선정은 중앙로에서 도청교로 연결되는 축 선상에서 가장 높은 위치에 있는 동산의 지형을 갖추고 있다.

또한 동성로, 서성로, 남성로, 북성로의 성곽 도시를 벗어난 새로운 관공서 부지였다. 풍수지리적으로 앞산(안산)을 바라보고, 멀리 팔공산(배산)을 등지고, 신천(임수) 물길을 안고 있으면서 도시 전체를 내려다보는 지형이다. 구 도청사 부지는 대구시 청사로 사용하고 있지만 장기적인 후적지 개발 논의가 진행 중이다. 어떠한 새 기능 공간이 조성되더라도 기존 건축의 본질과 원형의 틀을 훼손하지 않고 잘 유지하면서 새로운 미래의 공간으로 재창조되어야 할 것이다.

도시의 재생

언젠가부터 오래된 골목길과 오래된 건축들이 도시의 자랑거리로 등장하기 시작했다. 그동안은 재개발이나 재건축의 경제적 가치에서도 밀려나 소외되었고, 버려지듯 관심에도 없었던 동네와 장소들이었다. 참 다행이었다. 일찍이 철거되거나 사라지지 않아 비로소 그 가치를 발하게 된 것이다.

거품경제의 우려 속에 현실적 개발 방식으로 떠오른 것이 도시 재생과 건물의 리노베이션(renovation)이다. 낡고 오래된 건물을 철거하고 새로이 신축하는 것만이 능사가 아님을 깨닫기 시작하면서, 시간의 켜가 쌓여있는 오래된 길과 낡은 건물에서 스토리를 찾고 가치를 발견하기 시작한 것이다. 도시의 변화 속에서 살아남은 과거의 낡은 건축들은 근대 건축으로 보존의 대상이 되기도 한다.

대구문학관 향촌문화관으로 재탄생한 옛 상업은행 건물은 1976년에 세워져 50여 년이 채 되지 않은 건물이었다. 콘서트홀로 재탄생한 시민회관은 불과 35년 전인 1975년에 세워졌다. 1923년에 지어진 전매청 담배창고(KT&G)를 리노베이션한 대구예술발전소 건물은 100여 년 전의 건축이다. 역사의 질곡 속에서 사라질 수도 있었던 강점기에 태어난 건축이다.

집, 도시, 이상理想

"신은 인간을 만들고 도시는 악마가 만들었다"는 말을 많이 한다. 건축과 도시는 문명에 의해 쫓기는 자산적 산물이 되고 있다. 그 표정과 결과를 미쳐 다 깨닫지도 못한 채 짓고 쌓고 만들어 가고 있는 것이다. "건축은 콘크리트와 유리와 철 구조로 짓는 것이 아니라 인간의 마음으로 세우는 일이다"라며 건축가 다니엘 리베스킨트는 스스로 건축과 도시를 인격화하여 말한다.

사람들은 자의든 타의든 어릴 적부터 집에 대한 환상과 꿈을 키워왔다. 어릴 적에는 나의 뜻과는 아무 상관 없이 집에 대한 꿈을 저절로 키웠다. '엄마야 누나야 강변 살자', 산골에 살면서도 뒤뜰 금모랫빛이 아름다운 강변 집에 살아야 했다. '기찻길 옆 오막살이 아기아기 잘도 잔다', 기차는 구경도 못 했지만 오두막집 아기처럼 기차 소리는 자장가같이 아름다운 음악인 줄 알았다. 지금은 재개발 고층아파트에 살면서도 사랑하는 나의 님과 함께, 저 푸른 초원 위에 그림 같은 집에서 살아야만 행복할 거 같다. 별빛이 흐르는 다리를 건너고 갈대숲을 지나서 쓸쓸히 서있는 그 아파트가 그리워서 오늘밤에도 찾아가고 싶어진다.

우리의 도시는 살기 좋은 도시인가? 세계에서 살기 좋은 나라와 도시 순서를 발표한다. 그 순위 선정에는 정량적 기준이 있어서 총합적 정답이 아니지만 이런 기준도 있었다. 한밤중에 걸어서 20분 거리 안에 친구와 술을 마실 수 있는 장소는 있나? 외로울 때에 집을 나서면 30분 거리 안에 산길, 물길을 만날 수 있는가? 위급할 때에 구급차, 소방차는 5분 안에 도착하며, 응급실에는 15분 안에 도착할 수 있는가? 인구 100만 명의 도시가 가장 이상적이라고도 한다. 그래서 '도시는 악마가 만들었다'고 하는 것인가?